U0129726

群莺乱飞

叶兆言 著

译林出版社

图书在版编目（CIP）数据

群莺乱飞 / 叶兆言著 . —南京：译林出版社，
2024.1
（叶兆言作品系列）
ISBN 978-7-5447-9232-5

Ⅰ.①群… Ⅱ.①叶… Ⅲ.①回忆录 – 作品集 – 中国
– 当代　Ⅳ.①I251

中国国家版本馆 CIP 数据核字（2023）第 242430 号

群莺乱飞　叶兆言 / 著

责任编辑　　熊　钰　焦亚坤
装帧设计　　胡　苨
校　　对　　李　娟
责任印制　　闻媛媛

出版发行　　译林出版社
地　　址　　南京市湖南路 1 号 A 楼
邮　　箱　　yilin@yilin.com
网　　址　　www.yilin.com
市场热线　　025-86633278
排　　版　　南京展望文化发展有限公司
印　　刷　　江苏凤凰新华印务集团有限公司
开　　本　　850毫米 ×1168毫米　1/32
印　　张　　9.5
插　　页　　2
版　　次　　2024 年 1 月第 1 版
印　　次　　2024 年 1 月第 1 次印刷
书　　号　　ISBN 978-7-5447-9232-5
定　　价　　59.00 元

自 序

这本书可以看作是《杂花生树》的续篇，因为前一本书受到鼓励，断断续续又写了些文字，内容自然是一个杂，或许更乱。不敢说形散神不散，虽然杂乱，还是有些差不多的追求。

写作之道本来没有一定，虚构的小说，纪实的随笔，其实都是在尝试各种可能性。应该怎么写，还能怎么写，这些命题注定要折磨我们一辈子。有人问我，究竟喜欢小说，还是喜欢随笔，一时语塞无言以对。古人刚日读经柔日读史，取精用弘，喜欢什么，也许还得看当时心情。不过有一点可以肯定，如果不喜欢，如果不是发自内心的喜欢，不是自己想写，我绝不会写这些文字。

仍然还要感谢朋友们的督促，仍然是那句话，没有他们的鼓励，没有他们的夸奖，很可能半途而废。写作是一桩很寂寞的买卖，词源倒流三峡水，笔阵独扫千人军，这是古代诗人的想象和狂妄。时至今日，作为一个写作者，能够把想写的文章写出来，还能有几个读者愿意读，知之，好之，乐之，就已经是足够幸运了。

新版《群莺乱飞》的内容，与上海书店出版社的那套旧版没区别。不少读者给我写信，抱怨买不到这几本书，现在新书终于再版，也算对他们有了交代。

二〇一八年十二月十五日　下关三汊河

目 录

朱自清先生醉酒说英语

　　读朱自清先生日记，有几处小记录让人会心一笑。譬如喝醉了酒，一向拘谨的朱先生会慷慨陈词，对熟悉的朋友大说英语，这是地道的酒后"胡说"和出"洋相"。事后听别人说起，朱先生非常震惊，也非常羞愧。我们都知道朱先生是个认真严肃的人，酒后失态本不足为奇，发生在他身上却多少有些意外，仿佛做鬼脸，如果是学童倒也罢了，没想到私塾先生也变得调皮捣蛋起来。三十年代初，朱先生以清华中文系主任的身份，去欧洲做访问学者，为此写了《欧游杂记》和《伦敦杂记》，传唱一时。不过我更喜欢他的日记，因为这类文字不为发表而作，可以读到更真实的东西。一九三三年十二月五日的日记中有这么一段：

　　早大一有人示我"文侯之命"，问文侯是指重耳否，
余竟不知所对，惶恐之至。

　　即使最有学问的人，也不可能什么都知道，"惶恐之至"充
分说明朱先生做人的态度。在英国期间，因为英文程度不够，朱
先生屡屡遭人白眼。不由得想起闻一多和郁达夫国外留学时的情
景，都说中国人出了国都爱国，但是留学的年龄阶段不同，思想
情绪也不同。闻和郁在国外做学生时岁数还小，受人歧视，难免
孩子气，因此也难免口号标语似的愤怒。朱自清已经是清华的大
教授、系主任，他所产生的情绪就要复杂得多。

　　首先是学外国语言产生的自卑。年龄越轻，学习语言能力
越强，反过来，年龄越大，能力越弱。但是年龄大了，理解能力
更强，于是弱和强的悬差，让做事认真的先生无所适从。出国
三个月以后，朱先生第一次做了这样的梦，他梦见自己"被清
华大学解聘，并取消教授资格，因为我的常识不够"。这个梦很
值得让人玩味，一个月后，他又一次做了类似的梦，"梦见我因
研究精神不够而被解聘，这是我第二次梦见这种事了"。有趣的
是这种噩梦还在延续，过了四年，早已回国的朱先生在日记中
写道：

昨夜得梦，大学内起骚动。我们躲进一座如大钟寺的寺庙，在厕所偶一露面，即为冲入的学生发现。他们缚住我的手，谴责我从不读书，并且研究毫无系统。我承认这两点并愿一旦获释即提出辞职。

我想说的是，做学问的人老是自卑和自责，绝对不是什么坏事，盲目自大才是可笑的。钱钟书先生在小说《围城》中，把出国留学镀金比喻成为种防止天花的牛痘，胳膊上有了那么一个疤，做学问的便算功德圆满。这个带有讽刺意味的比喻虽然尖刻，毕竟涉及了要害。朱先生在日记中曾这样勉励自己，说现在大学里的好位置，差不多都已被归国留学生占满了，像他这种没出国留学过的教授已是硕果仅存，必须自重，珍惜自己的机会，要加倍努力。这绝对是当时的实情，留学犹如科举时代的功名，有没有进士出身的身份至关重要。朱先生日记中，屡屡能看到俞平伯先生闹加薪，这让朱先生很为难，作为好友，深知俞平伯的学问，可是作为系主任，不能不考虑到资历，只能让俞一再失望。俞先生出身北京大学，和傅斯年一样，同为黄侃先生的高足，又同是五四新青年，可是傅在国外留学多年，其地位和待遇不知高出多少。一九二〇年俞先生和傅斯年曾乘同一艘轮船去欧洲闯荡，到英国以后，傅先生留了下来，俞先生却因为留学费用不足，玩了一圈潇洒回国，结果没有洋学历便成终生的遗憾。

朱先生在英国做访问学者的时候，非常用功，像海绵一样充分吮吸着西方的养料，文学、哲学、艺术、交际舞以及各种客套礼节，无不一一虚心学习。值得指出的，朱先生此时虽已和陈竹隐女士订婚，并没有完婚，是地道的黄金王老五。在朱先生身上，见不到今日成功人士的那种自以为是，他到了西方，没有潇洒地赶快享乐人生，而是老老实实做学问，丝毫不敢怠慢。庞大的西方像座高山一样蛮横地挡在他前面，他努力了，用功了，甚至可以说奋斗了，但是结果却是，越想更多地了解，越发现根本不了解，越是崇敬，越是自卑。因此，在他的梦境中，没有学问被解聘也就不奇怪，隐藏在潜意识中的恐惧仿佛漏网的鱼逃了出来。

自从进入近代以后，中国的学人对于西方总是崇敬与疑虑并存，陈寅恪在《冯友兰中国哲学史下册审查报告》中说：

> 窃疑中国自今日以后，即使能忠实输入北美或东欧之思想，其结局当亦等于玄奘唯识之学，在吾国思想史上，既不能居最高之地位，且亦终归于歇绝者。

陈先生的意思,是说无论生搬美国的资本主义,还是硬套苏联的社会主义,在有着几千年传统的中国,都成不了大气候。这道理大家多少也有些明白,陈先生在国外待过许多年,通许多国语言,由他来指出这件皇帝的新衣最有说服力。问题在于,事物总是有另一面,成不成大气候是一回事,管用不管用又是另外一回事。外来的和尚好念经,外国的东西确实对中国起着决定作用,这不仅表现在政治思想上,同时也反映在学术思想上。吴宓先生在晚年的日记中曾说:

> 寅恪兄之思想及主张毫未改变,即仍遵守昔年"中学为体,西学为用"之说(中国文化本位论)。在我辈个人如寅恪者,决不从时俗为转移。

"中学为体,西学为用"本身就是一种时俗。趋时从俗有时候免不了,只有程度的不同,就好像同样喜欢外国的好东西,有人关注先进的文化思想,有人留恋流行的实用小家电。不同的人,对西学为用的"用",有截然不同的理解。不由想起学术界关于中国人种起源的讨论,古文大师章太炎的《种姓篇》就认为中国人的祖先源于古巴比伦人,另一位经学大师刘师培也持差不多的观点。时至今日，这种胡乱认人作父的学术观点听上去怪怪的，但是在一个世纪前，这其实是一些很有意义的思考，学术界不仅怀疑中国人源于古巴比伦，而且还可能是古埃及古印度的后裔。

做学问具有开放性的思维总是好事。陈寅恪先生的过人之处，在于他对西方文化有超过常人的学识修养，在于扎实的现代史学基本功训练。陈先生也承认，他研究中西文化交流，尤其是佛学传播和中亚史地，都曾深受西洋学者的影响。这是一些终身受用的影响，在很多方面，外国人做中国的学问，比中国人做得更好，这是一个不争的事实。然而仅仅只是受其影响，还是远远不够，师傅引进门，修行在各人。做学问有做学生的虚心是对的，如果老是当不长进的学生，老跟在洋人后面亦步亦趋就不足取。受最先进的学术影响，向最先进的思想看齐，是通往真理之路的捷径，也是打开现代学术之门的钥匙，去西方留学不外乎为了走捷径和找钥匙，朱自清正是带着这样的观点远赴英伦。但是，天下没有免费的午餐，便宜无好货，捷径也会把人引向死胡同，钥匙也可能只是打开了一道无关紧要的院门。

有个河南人去美国研究哲学好多年，突然看破红尘，起程回国，去少林寺当了和尚。大家觉得奇怪，既然是出家，何必远涉重洋，绕道美利坚，直接在老家上山不就行了。做学问犹如出家当和尚，有时候非得绕道走点弯路才行。顿悟的境界不是什么人都能轻易达到的，看问题的角度不同，得出的结论也就不同。上个世纪的六十年代末，中国正进行着如火如荼的"文化大革命"，著名汉学家李约瑟先生在《东西方的科学与社会》中表达了一个十分有趣的观点，这个观点我们真是不太乐意接受，就是中国科学的发展主要是为了"实用"。无论是在过去，还是今天，中国人都天真地相信自己的文化传统，更多的是精神上的追求，"朝闻道，夕死可矣"，所谓"君子养浩然之气"。天知道中国的科学实用在什么地方，恰如鲁迅先生说过的那样，中国人发明了火药是做爆竹敬鬼神，发明了指南针也不过是用来看风水，而火药和指南针只有到了洋人手里，才能成为征服殖民地掠夺宝藏的利器，应该说洋人讲究实用才对。

联系到"中学为体，西学为用"这句著名的口号，就会意识到李约瑟并没有完全说错。不识庐山真面目，只缘身在此山中，"实用"这个词早就扎根在我们的文化中，只是不知不觉。越是到近代，实用的观点越是甚嚣尘上。譬如郭沫若对闻一多先生有个很新奇的比喻，说闻先生虽然在古代文献里游泳，但不是作为一条鱼，而是作为一枚鱼雷，目的是为了批判古代，是为了钻进古代的肚子，将古代炸个稀巴烂。闻一多生前也曾对臧克家说过："你诬枉了我，当我是一个蠹鱼，不晓得我是杀毒的芸香。虽然两者都藏在书里，他们的作用并不一样。"他声称自己深入古典，是为了和革命的人里应外合，把传统杀个人仰马翻。在一些文章中，他甚至把儒家道家和土匪放在一起议论，"我比任何人还恨那些故纸堆，正因为恨它，更不能不弄个明白"。

我一向怀疑这话中间多少有些作秀成分，按照我的傻想法，闻先生如果不是对中国古典的东西情有独钟，有着特殊的兴趣，绝不可能成为一名纯粹的书虫。抗战期间，西南联大的文学院落脚蒙自，闻先生在歌胪士洋行楼上埋头做学问，除了上课、吃饭，几乎不下楼，同事因此给他取名为"何妨一下楼主人"。如果仅仅是为了和古代文化作对，给传统添些麻烦，这种信念支撑不了多少时间，因此，我更愿意相信他只是找个冠冕堂皇的借口，因为在习惯中，大家共同关心的兴奋点，常常是我们的行为有什么"用"，对于国计民生有什么实际的好处，有什么样的思想教育意义。以成败论英雄，以有用没用来衡量价值，这种学理定势并不是随便就能改变。做学问和做生意并不一样，可是在谈论别人的学问时，我们常犯的一个低级错误是自己也忍不住变成了生意人。

正如把清朝乾嘉学派的考证说成是只会做死学问，简单地归结一代知识分子怕掉脑袋，这种貌似深刻、似是而非的简单结论，多少有点投机取巧。乾嘉学者在考据上找到的乐趣是后人无法想象的，学问无所谓死活，书呆子往往比那些读书的机灵鬼更可爱。回顾已经过去的上一个世纪的学术史，我对闻一多先生学术研究的中断觉得最痛心，因为他对中国文学史研究的独到匠心，空前绝后无人匹敌。与严谨认真的朱先生相比，闻先生的才、学、识各方面都更胜一筹。虽然在美国留学时学的是美术，但是因为早年就打下的良好西方教育基础，就如种过牛痘已有免疫能力一样，他不会在令人眼花缭乱的西方思想面前无所适从。他全身心投入自己所做学问的那股疯狂劲儿，为了一个词语一个神话下的刻苦钻研功夫，是同时代以及后来的学人望尘莫及的。

更难能可贵的，是闻先生拥有诗人的敏感与丰富想象。良好的基础与吃苦耐劳的精神，对于做学问来说，确是非常难得，毕竟还不是凤毛麟角，无迹可寻。就像是否"有用"不是最重要的一样，基础与刻苦只是鸟的一对翅膀，没有翅膀飞不起来，也飞不高，但是，仅仅有翅膀仍然远远不够。诗人的敏感和想象能够创造一切，纵观古今中外，第一流的学问恰恰都是有诗人气质的人完成的，诗人不计成败利钝，无所谓后果，不在乎起因。放大了说，诗人气质绝非只有诗人才有，这是一种难以用语言描述的东西，看不见，摸不着，无声无臭，来无影去无踪，它创造了世界上一切真正美好的东西。

诗人气质不仅造就了第一流的诗人，还可以产生第一流的艺术家和科学家，产生第一流的政治家和商人，产生第一流的军人和运动员。自然科学和人文科学在诗歌精神上可以对话，大科学家本身就是一首诗，牛顿、达尔文、爱因斯坦，他们的发明创造离开不了诗歌精神。乾嘉学者致力于训诂，达尔文研究人类进化，牛顿和爱因斯坦投身于物理学，都是异曲同工，因此，不要以是否实用来判断是非，不要以是否产生经济利益评估价值高低，这种老调还得重弹。

二〇〇一年三月十二日　河西

欲采蘋花不自由

一

破额山前碧玉流，

骚人遥驻木兰舟。

春风无限潇湘意，

欲采蘋花不自由。

柳宗元的这首诗，发行量巨大的《唐诗三百首》没有选。"文化大革命"中的"批林批孔"读物《柳宗元诗文选注》也没有选，这本小册子一九七四年第一版印了三十万，无意中成为人们想学点文化的教材。我那时候才十七岁，对古文没什么感觉，有兴趣的只是柳宗元"名列囚籍，身编夷人"的流放生涯。中国的大历史告诉我们，改革派通常没什么好下场，不是砍头，便是流放。当时的宣传，努力把柳宗元这个法家人物，塑造成一个英姿飒爽的英雄，既高又大还全，可是我更喜欢他倒霉蛋的模样。

这也就是我为什么记住了这首诗的原因。春光明媚，潇水和湘江两岸蘋花盛开，有个叫曹侍郎的朋友来看望落魄潦倒中的柳宗元，一起喝酒，然后就写诗。古人写友谊的好诗太多，"桃花潭水深千尺，不及汪伦送我情"，大诗人李白把那点意思直截了当说破，这是开门见山，柳宗元却绕个圈子，不说朋友相见不易，只说友谊已经成了奢侈品，想采摘一些河边的蘋花送友人都做不到。拐弯抹角是艺术很重要的一个技巧，十几年前讨论朦胧诗，把朦胧两个字反复说，恨不得用显微镜放大了看，其实对于中国的古典诗人来说，诗不朦胧，根本就玩不起来。

南北朝时，东晋的丞相王导与尚书左仆射伯仁是好朋友，王导的堂兄王敦不太安分，阴谋叛乱，有人因此主张将与王敦有关系的人统统杀了，斩草要除根，以免后患，王导自知难逃厄运，赴阙待罪，主动跑到元帝那里去领死。伯仁背着王导，在元帝面前拼命为他说好话，结果王导被免罪，躲过了一劫。后来，作乱的王敦终于成了气候，攻入南京，毫不含糊地将伯仁杀了，王导事后才知道自己遇难，伯仁曾极力救过他，而伯仁有难，他却袖手旁观，没能帮上忙，于是陷入深深的后悔之中，哭着说：

> 吾虽不杀伯仁，伯仁由我而死。幽冥之中，负此良友。

这个故事从表面上看，是说人的忘恩负义。如果真这么简单，便算不上什么好故事。很多人非常看重友谊的回报，投之以桃，报之以李，只要看准了，友谊会是一笔很不错的投资。但是，如果仅仅从投资做生意的角度来看待友谊，就看低了古人，起码《世说新语》中不推崇那种以结党营私为目的的友谊。这个故事的要害在于后悔和自责，也就是说忘恩只占了极小的比例，关键在于负义。

朋友有难，自己未能给予帮助，仅此一点，足以让王导后悔一生。谁都知道，伯仁之死，与王导既没有直接关系，也没有间接关系，"由我而死"不过是表达一种过分悲痛的心情，是高标准严要求。王导并没有因为自己不是杀人犯而推脱罪名，在他看来，自己该出手时不出手，能救人而不尝试救人，罪同杀人。至于他真去救了，能不能救下伯仁，这已经不重要。

友谊也是一种美，这就是可以尽最大的努力去帮助朋友。伯仁这么做了，王导却没有。伯仁享受到了这种美丽，他帮助王导，救了他的命，并且不以救命恩人自居。友谊是一种很自然的东西，斤斤计较就变质和变味。友谊是一种自我完善，从表面上来说，它是为别人，然而实际上更是为了完善自己。伯仁充分享受到了友谊之美，他在王导最需要帮助的时候，悄悄地帮助了他。王导也享受到了，不过是反向的，那就是对友谊的忽视，这让他惊醒，让他自责。自责是一种很有意义的反思。

章士钊先生与大汉奸梁鸿志是好友，章因为资助过年轻时代的毛泽东，虽然被鲁迅痛骂，但其实有一个很不错的晚年。一九七三年章逝世，毛泽东送了花圈，周恩来亲自参加追悼会，比较当时许多功勋卓著的开国元勋被迫害致死，章士钊可谓是善终。在纷乱的人世中，一个有点名气的风云人物，想修个善终并不容易。抗战期间，梁鸿志下水做了大汉奸，成了汪伪政权的行政院长，他想为老友章士钊也谋个部长干干，苟富贵，无相忘，然而章一口拒绝了。抗战胜利以后，梁成为阶下囚，章不忘旧情，毅然充当梁的辩护律师，这在当时需要相当的勇气。最后梁仍然被判处死刑，章士钊十分惋惜，毕竟梁有着十分渊博的学识，不过既然自己尽心尽力，也无愧于老友。换句话说，章士钊做了他所应该做的事情，关键时刻，他救不了梁鸿志，却拯救了自己。他不会在梁鸿志被处死以后，因为自己为洁身自好而无动于衷睡不着觉。

二

友谊是讲究境界的，不是拉杆子结拜兄弟。桃园三结义只是民间虚拟的神话，就好比国际间外交无诚意可言一样，结义通常都靠不住。越是高层次的结拜，越靠不住，桃园三结义的要害是帮刘备打天下，飞鸟尽，良弓藏，狡兔死，走狗烹，关羽和张飞的幸运，在于偏安西南一隅的刘备始终没有大杀功臣的机会。真给刘备做了大一统江山的皇帝，难免不像明太祖一样。

对皇帝只能说什么尽忠，妄谈友谊是找死。培根曾经说过，君王并不能享受友谊，因为友谊的条件是平等，而君王和臣民的地位永远悬殊。不管怎么说，友谊与尽忠还是有近似的地方。友谊的血管里隐藏着许多单向阀，它意味着血液一直朝着一个方向流淌。友谊是电筒里射出来的光，它直指目标，从来不拐弯抹角。友谊不是养儿防老，友谊是无私的母爱，只知施与，不图回报；只知耕耘，不问收获。

当然，认定友谊不问回报或许非常片面，所有的比喻都有局限，只谈到了问题的一个方面。拉罗什福科在《道德箴言录》中曾说：

> 我们经常自以为我们爱某些人胜过爱我们自己，然而，造成我们的友谊的仅仅是利益。我们把自己的好处给别人，并非是为了我们要对他们行善，而是为了我们能得到回报。

这种赤裸裸的观点从另一个角度逼近友谊的本质。拉罗什福科认为，没有什么事能与爱自己相比，当我们把友谊看得过重，爱友胜过爱自己的时候，"我们只不过是在遵循自己的趣味和喜好"。爱友胜过爱自己，说穿了仍然是一种自爱：

> 人们称之为友爱的，实际上只是一种社交关系，一种对各自利益的尊重和相互间的帮忙，归根结底，它只不过是一种交易，自爱总是在那里打算着赚取某些东西。

在中国古典诗词里，我们可以读到许多表现友谊的佳句，譬如在杜甫的诗中，就常常可以读到他对李白的思念。据郭沫若考证，在现存的一千四百四十多首诗中，和李白有关的占了将近二十首。

> 渭北春天树，
> 江东日暮云。
> 何时一樽酒，
> 重与细论文。
>
> 《春日忆李白》

> 醉眠秋共被，
> 携手日同行。
>
> 《与李十二白同寻范十隐居》

> 故人入我梦，
> 明我长相忆。
>
> 《梦李白二首·其一》

从杜诗的题目中，也可以看出杜甫对李白的敬重，《赠李白》《冬日有怀李白》《天末怀李白》《寄李十二白二十韵》《送孔巢父谢病归游江东兼呈李白》，喜欢杜甫的人免不了略有些不平，杜甫写了这么多诗拍李白的马屁，李白的回应并不多，而且还有几分怠慢。明朝都穆《南濠诗话》说：

> 今考之《杜集》，其怀赠太白者多至四十余篇，而太白诗之及杜者，不过沙邱城之寄，鲁郡东石门之送，及饭颗之嘲一绝而已。盖太白以帝室之胄，负天仙之才，日试万言，倚马可待，而杜老不免刻苦作诗，宜其为太白所诮。

杜厚于李，李薄于杜，按郭沫若的观点，虽然只是"皮相的见解"，毕竟也是不争的事实。李白写给杜甫不多的诗中，那首"饭颗诗"是杜诗爱好者不能容忍的：

> 饭颗山头逢杜甫，
> 头戴笠子日卓午。
> 借问别来太瘦生，
> 总为从前作诗苦。
>
> 《戏赠杜甫》

　　古时候没有照相机，诗人的形象完全靠文字来形容。李白这一戏赠，落实了杜甫的苦相，一副可怜巴巴的模样。比较李白对杜甫和孟浩然截然不同的态度，不难看出友谊的差异。李白在孟浩然面前完全变了一个人，那种清狂傲气全没了踪影：

吾爱孟夫子，

风流天下闻。

红颜弃轩冕，

白首卧松云。

醉月频中圣，

迷花不事君。

高山安可仰，

徒此揖清芬。

《赠孟浩然》

　　用这些诗来论证李白厚此薄彼是不确切的。孟浩然比李白大十岁多一些，李白也比杜甫大十岁多一些，正是这十岁多一些，很自然地产生了语调上的变化。长幼有序，中国古代文人之间的友谊，多少都有些亦师亦友的意思。尊长爱幼，友谊是为了让自己得到提高，李白敬重孟浩然，杜甫敬重李白，都不乏这种浅显的功利目的，与傲气不傲气无关。

杜甫被称为诗圣自有其道理。一个长得很清纯的女孩子，自称是文学青年，热爱诗歌，谈到李白和杜甫，说她喜欢李白，不喜欢杜甫，因为李白靠才华，杜甫靠刻苦，才华是天生的、自然的，刻苦则是后天的、人为的。我让这个女孩子说出她喜欢的李白的某首诗，和不喜欢的杜甫的某首诗，她顿时有些狼狈，随口报了一句，却是唐人王之涣的"黄河远上白云间"。

诗人被误读不是什么奇怪的事情，既然是误读，过错就不能怪诗人自己了。毫无疑问，杜甫是中国最伟大的诗人。说杜甫没才华，必须得有十二分的无知才行。杜甫对于李白，既有年龄上的敬重，更有风格上的佩服。友谊的功利心就在于，我们总是佩服那些比自己更棒的人，友谊的益处在于我们能够以他人之长，改善自己所短。贺拉斯的一句名言曾被经常引用，那就是"对于思想健康者，什么也比不上一个令人愉快的朋友"。蒙田随笔中记载了一个小故事，一位年轻士兵的马在比赛中赢得大奖，国王问士兵那匹马想卖多少钱，是不是愿意用它换一个王国，士兵回答说："当然不，陛下，但我很乐意用它来换一个朋友，如果我能找到一个值得我交朋友的人。"

李白对于杜甫的意义，不仅是志同道合，更重要的还在于他能像一块磨刀石一样，能将杜甫的思想磨得闪闪发亮。正像培根说的那样，"讨论犹如砺石，思想好比锋刃，两相砥砺将使思想更加锋利"。武侠高手切磋武艺，双方必须是真正的高手才行，杜甫之倾慕李白，李白之倾慕孟浩然，都是差不多的道理。友谊为互相学习提供了好机会，友谊可以从友谊中得到东西。培根关于友谊必须平等的观点，似乎也可以稍做更正，既然人们指望从友谊中得到些什么，就无所谓谁厚谁薄。换句话说，友谊的双方略有些不平衡，也没什么大不了。

三

我的祖父与朱自清先生有很不错的交情，一九七六年，祖父与俞平伯先生相约，一起去看望病中的朱先生遗孀，此时距朱逝世已经快三十年。祖父在给俞先生的信中写道：

> 下书访佩弦夫人之事。前曾相约，五一以后共往一访。今五月将尽，故此奉商。弟可以要教部之车，而清华道远，耗油量多，不欲以私事而享此"法权"。至

于雇车，其事不易，费亦不少。考虑久之，是否容弟先
往，缓日再为偕访。弟已托人探询到朱夫人宿舍，于何
站下车，入清华何门为便。到清华之公共汽车自平安里
出发，则凤知之也。

这一年祖父八十二岁，当时没有出租汽车，从祖父住处去远
在郊外的清华很不方便。俞先生回信同意祖父先去，祖父于是进
一步"详细探明到彼之远近"，弄明白"下公共汽车而后，只须
步行一站光景即到"，自忖"弟之足力犹能胜也"。到五月三十日
终于成行，并写信向老友报告经过：

昨日上午与至善出城访竹隐夫人，往返四小时有馂
馀，坐一小时，多年积愿，居然得偿，堪以自慰，兄伉
俪代致意，已经转告。竹隐夫人不能谓如何佳健，肺气
肿，时觉气喘，右目白内障，曾动手术，视力已极差。
子女五人，在京者仅两人，乔森在京市农林局，女蓉
隽在北京师院，只能每周或间周来省视一次。有一每日
能来三小时之阿姨帮做杂事，长时则独居一室。此况不
能多想，设或临时病作，步履倾跌，呼而无应，如何是

好。弟于此未敢说出，今作书简述，自当以所虑相告。

老派人的古板做法，在今天看来有些陈旧。不过，我们至少从这里看到友谊给人带来的另一种自慰。记得也是在"文化大革命"后期，祖父去上海复旦看望郭绍虞先生，市里要派一辆小车给他，祖父想了想，决定还是坐三轮车去，因为他觉得看望朋友是私事，而且坐小车去也有摆阔之嫌疑。考虑到当时教授属于"臭老九"之列，郭先生虽然是"文革"前的国家一级教授，日子未必好过到哪里，祖父不愿意让老朋友感到陌生。

"花径不曾缘客扫，蓬门今始为君开"，君子之交，其淡如水。割脖子换脑袋，同生共死，这是友谊的一种过分夸大。友谊根本用不着走那样的极端。友谊有时候都是些婆婆妈妈的小事，简单，琐碎，平淡，是"相思相见知何日，此时此夜难为情"。友谊根本用不着出生入死，譬如大家都熟悉的吴宓和陈寅恪晚年友情，一九六一年夏天，吴宓专程去广州看望陈寅恪，临行前，陈先生来信详细嘱咐，关照下火车后如何雇三轮车，大约要多少车钱。又特别说明，自己家人多，不能安排吴住宿，"拟代兄别寻一处"。当时正值三年困难时期，陈在信中实事求是地写道：

兄带米票每日七两，似可供两餐用，早晨弟当别购

鸡蛋奉赠，或无问题。

这是一次感人的会见，陈先生这一年已七十六岁，身体很不好，因此与吴宓分别时，会很伤感地说"暮年一晤非容易，应作生离死别看"。陈死于"文革"中，吴死于"文革"结束后的一九七八年，六十年代初的这最后一晤，蕴藏了无限意味。对于吴宓来说，年长六岁的陈寅恪亦师亦友，让他终生敬重。到一九七一年，被无数次戏弄和迫害的吴宓，因为久无陈寅恪的音讯，按捺不住思念之情，给远在广州的中山大学革命委员会写了一封信，询问陈寅恪的消息。此信当然是石沉大海，陈寅恪夫妇早在两年前就已经含冤离开人世。我在《闲话吴宓》一文中曾引用过这封信：

广州国立中山大学革命委员会赐鉴：

在国内及国际久负盛名之学者陈寅恪教授，年寿已高（一八八〇光绪十六年庚寅出生），且身体素弱，多病，又目已久盲——不知现今是否仍康健生存，抑已身故（逝世）？其夫人唐稚莹（唐筼）女士，现居住何

处？此间宓及陈寅恪先生之朋友、学生多人，对陈先生十分关怀、系念，极欲知其确实消息，并欲与其夫人唐稚莹女士通信，详询一切。故持上此函，敬求贵校：（一）复函，示知陈寅恪教授之现况、实情；（二）将此函交陈夫人唐稚莹女士手收，请其复函与宓，不胜盼感。

信中说陈先生一八八〇年出生，是手误，应该是一八九〇年。据说陈寅恪生前也很关注吴宓的命运，一九六七年，他的女儿从成都回广州探望老父，陈寅恪迫切地向她询问吴宓的近况，结果女儿只能无言以对。杜牧诗《赠别》中有这样的句子，"门外若无南北路，人间应免别离愁"。友谊有时候正是因为距离，因为离乱，会产生特殊的美感。

四

友谊常会面临严峻的考验，有时候如履薄冰，稍不留神，便掉进水里。我这个年龄的人，不会忘了小时候暑假里看的电影《战上海》，都能记得反派主角汤恩伯。这个汤恩伯完全是个草包，在人民解放军面前，像个小丑似的，蹦了两下就完蛋。真实的情况当然不是这么简单，汤恩伯能混到那么高的军衔，要是没有真才干，蒋介石绝不会把最后看家的那点军队都交给他指挥。

汤恩伯并非出于黄埔，能得到蒋介石重用，与陈仪的引荐分不开。陈仪是日本士官生，与蒋介石既同乡又同学，交情非同一般，他与鲁迅和郁达夫也是好朋友。汤恩伯是陈仪的得意门生，情同父子，在最后关头，陈仪曾秘密动员他反戈一击，像傅作义那样起义，接受共产党的改编。这是一个聪明的选择，就当时形势看，汤虽然重兵在握，战场上已无任何胜机。如果听陈仪的话，蒋介石说不定都去不成台湾，而汤在大陆一九四九年之后的地位，起码能和傅作义一样平起平坐，当个共产党的部级干部。

然而汤恩伯选择了失败，在恩师与党国之间，或者背师，或者叛国，他选择了不可救药的党国。人各有志，勉强不得，汤恩伯的悲剧在于，他没有告密，但是陈仪策反之事一旦被军统侦破，他就不得不站在证人席上，为恩师陈仪的"罪行"作证。陈仪因此被枪毙，汤也陷入终生愧疚之中，据说他在台湾很不得志，已无心于名利场，郁郁寡欢，疑神疑鬼，在家里为陈仪设了牌位，动不动就烧香磕头，惶惶不可终日。

不由得想起一个差不多的故事，在莎士比亚时代，培根结识了女王宠臣和情人埃塞克斯伯爵，两人成为好友。埃比培根小六岁，对他的才华十分敬佩，在埃的极力推荐下，培根在政界如鱼得水。可以这么说，没有埃塞克斯，就没有培根。埃塞克斯后来终于失宠，并以叛国罪被逮捕法办，培根作为一名王室顾问和法律公职人员，奉命参与此案的审理工作，由于他和埃塞克斯的私交众所周知，因此在审理过程中，为了表示不徇私情，表示自己坚决站在女王和国家利益的立场上，培根表现得非常严厉和公正。六个月以后，埃塞克斯被保释回家，传记上说，埃对培根的表现非常失望，于是他就开始筹划一个新的政变阴谋，结果事泄失败，又一次被捕入狱，最终被处以极刑。

在埃塞克斯案件中，培根的做法曾引起后人的非议，人们不能容忍同流合污，也不赞成落井投石。培根的对手在这一点上大做文章，极力往他身上泼污水，结果，许多人一方面喜欢培根的文章，一方面又对他的人格产生怀疑。罗素不得不在《西方哲学史》中为培根辩护，认为把他"描绘成一个忘恩负义的大恶怪，这十分不公正"，既然埃塞克斯已经构成叛逆，此时抛弃这样的朋友，"并没有丝毫甚至让当时最严峻的道德家可以指责的地方"。不仅罗素义无反顾地支持了培根，许多著名学者都持差不多的态度，一位研究培根的权威学者，在阅读了培根与埃塞克斯的全部材料后，断然指出培根对埃塞克斯的处理，没有任何值得非议之处，大多数的指责不过是诽谤而已。《培根传》的作者也说：

> 培根的行为曾经受到一些人的苛责。不过谁也不能
> 否认埃塞克斯的确犯有叛国罪。所以很难理解那些责难
> 培根的人到底期待培根做什么？

要求培根像章士钊为梁鸿志那样做辩护，是不现实的。理智和情感常常冲突，友谊虽然简单，到复杂的时候，永远不是语言所能描述清楚。培根也不可能像汤恩伯那样自责愧疚，西方价值体系中的理性思想，远比东方的盲目忠君报国，更富有人文主义的色彩。友谊毕竟不是哥们义气，不是小集团利益，不是沆瀣一气。友谊是试金石，可以折射出不同的光芒，培根的做法在人情上似乎有些欠缺，但是培根之所以能成为培根，能成为一名大哲学家，成为一名大科学家，成为英国思想史或者说人类思想史上具有里程碑意义的人物，自有其内在的道理。

五

柳宗元的古文对后人的影响，显然要比他的诗大得多。我

至今也弄不明白什么叫法家，柳的法家思想对我毫无影响。谈到思想教育，培根的《人生论》对我的影响更大，受益更多。印象中，柳宗元的最大特长是写游记，譬如《永州八记》，非常适合当写作的范本。林纾选评《古文辞类纂》的游记一栏，所选柳宗元文章的篇幅，相当于另选的古文大家韩愈、苏洵、苏轼、王安石的总和。

寄情山水多少有些迫不得已。并不是今天的人才想当官，古时候的人其实也很在意官场。柳宗元被贬为永州司马，司马在汉代是个大官，在唐朝却是个贬谪的无职无权的闲散官职，他的心情一定很沉重。好在还能游山玩水，写诗写散文，此外，心目中必定依然存在着友谊，毕竟还有一批志同道合的朋友值得挂念。友谊不仅能提高自己的境界，还能增加快乐，消除忧愁。没有友谊的社会是繁华的沙漠，海内存知己，天涯若比邻，只要心中存着友谊，虽然被贬穷乡僻壤，也不会感到孤独无援。

友谊之美是实实在在的。这也就不难理解柳宗元偶尔有朋友来看望，会产生那么大的激动。李贺诗中有这样的句子，"梦中相聚笑，觉见半床月"，一旦美梦成真，好友相逢，那份惊喜真不知如何形容才好。柳宗元做了十年的永州司马，苦尽甘来，终于获得了升迁，告别潇水湘江，告别了一望无际的水边蘋花，升任柳州刺史。当年一起被贬的好友刘禹锡，也由朗州司马升任连州刺史。升了官，春风得意，柳宗元的诗风和文风都有所改变，他的倒霉蛋形象便不复存在，接下来，只是一心一意积极从政，为人民做了不少好事实事。虽然已经过了一千二百年，如果谁有机会去柳州，一定还能听见当地的老百姓在谈论他。

二○○一年七月二十二日　河西

白马湖之冬

一

一九二一年深秋，夏丏尊先生一家从热闹的杭州，搬到浙江上虞的白马湖。在《白马湖之冬》这篇文章中，夏先生把当时的景象写得十分不堪：

> 那里的风，差不多日日有的，呼呼作响，好像虎吼。屋宇虽系新建，构造却极粗率，风从门窗隙缝中来，分外尖削，把门缝窗隙厚厚地用纸糊了，椽缝中却仍有透入。风刮得厉害的时候，天未夜就把大门关上，全家吃毕夜饭即睡入被窝里，静听寒风的怒号，湖水的澎湃。靠

山的小后轩，算是我的书斋，在全屋子中风最少的一间，我常把头上的罗宋帽拉得低低的，在洋灯下工作至夜深。松涛如吼，霜月当窗，饥鼠吱吱在承尘上奔窜，我于这种时候深感到萧瑟的诗趣，常独自拨划着炉灰，不肯就睡，把自己拟诸山水画中的人物，作种种幽邈的遐想。

《白马湖之冬》是夏先生的散文名篇，现在知道的人，大约已不多了。人书俱老，当年喜欢开明书店出版物的读者，如果还健在的话，对这篇文章一定记忆犹新。今天的青年人看起来，夏先生实在是太古老了。虽然从年岁上来说，他比周作人还要小两岁，可是在我印象中，似乎该和周作人的哥哥鲁迅差不多。

我们习惯于把鲁迅那一代人，称之为五四一代，其实这个深究不得。五四运动发生的那一年，鲁迅已快四十岁，夏先生也三十好几，他们的世界观早已形成，信念开始顽固。我们所说的五四一代，应该是他们教的学生，他们这代人是陈胜吴广，他们的学生才是项羽刘邦。夏先生搬到白马湖之前，曾和鲁迅先生共过事，那时候，他们同在杭州的浙江两级师范任教，既是浙江同乡（上虞县隶属绍兴府），又都是从日本留学归来，同属"柿油党"之类的新派人物。我在夏先生文章中见到鲁迅不太被别人提起的小事情，譬如鲁迅当时教生理卫生，应学生的要求，加讲"生殖系统"，这在当时，绝对是一件很过分的事情，因为那年头还没有进入民国，还是在前清，性知识十分落后和保守。鲁迅有很好的古文底子，他是章太炎先生的高足，讲课难免乃师之风，用的字今天看起来都非常古奥陌生，譬如用"也"表示女阴，用"了"表示男阴，用"厽"代表精子，对于没有古文字基础的人来说，差不多就是天书了。

二

夏先生十五岁中秀才，十六岁结婚，十八岁当父亲。封建社会的读书人，一当秀才，基本上就是上了贼船，免不了要在科举这条道上走到黑。夏先生的家族似乎谈不上诗书传家，他父亲和他一样，也是个文乎乎的秀才，而且仅仅就是个秀才，像未中举时的范进那样生存着。父亲一辈的叔伯，夏先生自己一辈的兄弟，都不是什么读书人，只有他们父子两个是夏家的读书种子，其他人经商，靠别的本事谋生。万般皆下品，唯有读书高，夏先生父子在家族中承担着"中举人点翰林，光大门楣"的重任。父亲眼看着不行了，五间三进大宅子里的美好希望，便落到了夏先生身上。

好在科举废除了，釜底抽薪，这点往上爬的希望想不落空都不行。夏先生只能改走别的路，去读新学。告别八股文，进新学堂，那场面十分热闹，活像二十多年前的恢复高考。一时间，百废待兴，各式各样的遗老遗少，各种年龄段的学生夫子，携手走进了同一教室。夏先生求学时进过许多学校，留过洋，同学中有名气的人不少，像北京大学的马寅初就是中西书院的同学，这学校是东吴大学的前身。可是夏先生学校的门槛进了不少，却从没有认认真真地得到过一张文凭，或许是经济实力不够的缘故，他的学校生活是虎头蛇尾，临了都没毕业。

一九七八年，我考上了大学，忍不住有些得意，祖父迎头就是一盆冷水，告诫说不要把上大学当回事。他说我们老开明的人，一向都看不上大学毕业生，大学生肚子里没东西的人多的是。我不敢武断地说开明的老人中，有很多都不是大学生，但是我熟悉的好几位，都是重量级的人物，就没有大学文凭。开明不重学历只重学问是不用怀疑，同样，老开明的人确有学问，这一点也不用怀疑。夏先生并不是开明的老板，他是开明重要的负责人，主持日常工作，开明出版的重点图书，差不多都是经过了他的拍板。开明在中国出版史上能有那样的成就，夏先生功不可没。

我读到《白马湖之冬》的时候，已经是大学三年级，当时的感受十分滑稽，因为印象中的白马湖，完全不是这个样子。文字描写的现实，与真实世界的现实，总是有着这样那样的差异。赵景深先生在文章中曾说，夏先生就是白马湖人，这是不对的。白马湖原是一片荒野，因为民国初期兴办教育，春晖中学建在了这里，才渐渐有了人气。夏先生在春晖中学任教，湖对面盖了房子，取名为平屋，也就是《白马湖之冬》里"静听寒风的怒号"的那栋房子。与平屋毗邻的是丰子恺先生的"小杨柳屋"，再过去还有弘一法师的"晚晴山房"。荒山野地，凭空有了这些名人，也就立刻有了文化。

人杰地灵，平屋之美丽，远不是三言两句就可以说清楚。很多人去苏州，看到叶家的老屋，也就是现在的《苏州杂志》社，都说这房子如何漂亮，他们不知道夏先生当年见了这房子，曾十分不满，用一口绍兴话对我大伯说："你们老人家的房子造得尬笨，并排四间，直拔直的。"我大伯是夏先生的女婿，以夏先生的内敛性格，不是至亲，这种话大约是不愿意议论。或许因为是亲家翁的关系，很多人与我聊天，误以为夏先生的岁数与我祖父差不多。其实我大伯是长子，大伯母是夏先生的幼女，夏先生的长孙与我父亲同年。叶家夏家的后人在一起，同龄人相差了一

辈，常常为彼此之间的称呼尴尬，年龄和辈分有些复杂，大家只
能指名道姓乱喊。

话还是回到白马湖的平屋上来，这栋房子显然浸透了夏先生
的心血，这是他的得意之作。读者千万不要因为读了《白马湖之
冬》这篇文章，就把平屋想象得如何差劲。君子固穷，穷了才雅，
夏先生这样的老派文人笔下，不屑使劲地夸耀自己的房子。要想
领略平屋的风光，最好的办法是去读别人的文章。在同辈作家的
笔下，有不少文字提到了白马湖的秀丽景色，其中仅仅朱自清一
人，就为这地方写了好几篇美文。"文化大革命"后期陈冲主演的
电影《春苗》，当年轰动一时的电视连续剧《围城》，外景地选在
了白马湖。看过这些电影电视的人，想必对那个湖光山色的优美
还会有些印象，而《围城》中的几场室内戏，干脆是在平屋里
拍摄的。

大伯母当年看电视剧《围城》十分激动，因为她就是在那栋
房子里度过了童年。

三

我第一次随大伯母到白马湖的时候，是一九七四年，那一年

我十七岁，大伯母已是年过半百。也许是初夏的关系，白马湖与夏先生文章中的描写，丝毫不搭界。我知道的都是些似懂非懂连不起来的故事，首先，是夏先生名字中的那个"丏"字实在有些难度，连中央电视台的播音员都要读错。我至今也不太会写这个字，电脑用五笔字型怎么都打不出来。大伯母告诉我，夏先生当年用这个字，是故意要让人把字写错，"丏"很容易写成"丐"，写错了，写着他名字的那张选票便自然作废。

白马湖的水很清，山清水秀，大大小小的湖面一个挨着一个。白马湖只是其中最美丽的一个，我天天到湖里去游泳，有一次竟然游到好几里路外的驿亭去了，一来一去，要好几个小时，把大伯母和夏先生的大儿媳吓得够呛。正在焦急之中，有一个老乡告诉她们，看见有人往某某方向去了，结果当我游回来的时候，两个老太太正站在岸边的码头上跳脚。

闲时我们就在平屋的阁楼上乱翻，夏先生一个在上海长大的重孙回乡当知青，正在那里插队落户，他要比我大好几岁，让我对着亮光，看了一些陈年旧月的底片。那是一种落满了时间灰尘的玻璃底片，和后来常见的黑白胶片不一样。夏先生的二儿子喜欢摄影，这大约就是他留下来的，我们胡乱地翻着，看着，因为所有的影像都黑白颠倒，也没看出什么名堂。

虽然是在乡村，这地方比任何一个繁华城市更有文化气息，更能感受到历史的痕迹。在我的印象中，白马湖的平屋和周围环境合在一起，就是一幅意境悠远的国画。在这样的环境里，很自然地可以远离当时的"文化大革命"。大伯母和她的嫂子都是家庭妇女，她们已经许多年没有见面，两人没完没了地说着过去的故事。这屋子里曾来过许多现代文学史上的重要人物，除了弘一法师、丰子恺，还有朱自清和俞平伯。还有那些到春晖中学去的社会名流，这些人想来也会在平屋留下足迹，譬如蔡元培，譬如何香凝，包括吴稚晖和黄炎培，他们都是春晖中学的创办者经亨颐的好友。

大伯母老是要跟我念叨弘一法师，讲很多年以前，弘一法师怎么到白马湖来做客。说他拿着自己珍藏的一块毛巾去湖边洗脸，毛巾上到处都是破洞，夏先生急忙追了出去，要为他换一块新毛巾。弘一法师很认真地说："这块毛巾很好呀，你看不是还能用吗？"到吃饭的时候，因为弘一法师是吃素的，夏先生为了他的营养，特地关照在萝卜中多放些油，油是多放了，却有些咸，夏先生忍不住要埋怨夏师母，弘一法师又心平气静地说："不咸的，这很好吃，真的很好吃。"

大伯母告诉我，夏先生一生中最要好最佩服的朋友，就是这位弘一法师。夏先生把弘一称为"畏友"，意思是说弘一法师的一言一行，对自己都能起着启迪和激励的作用。我当时并不太明白这里面蕴藏的禅机，对弘一法师谈不上什么敬意，只是把使用破毛巾，简单理解成为艰苦朴素的革命传统，同时又觉得就算是把萝卜烧得咸了一点，也不是什么大事。

夏先生一再强调，对于物质世界，我们平常人从来都是简单的拥有，只有是高人，才能像弘一法师那样，真正体会到破毛巾和萝卜的妙处。

四

夏先生身上很有些名士气。当年的平屋门口，写着一副对联，"青山当户，白眼看人"，好一个"白眼看人"，完全是不食人间烟火的意思。还有一副对联，"宁愿早死，莫做先生"，据说也是夏先生的，这大约是"命薄不如趁早死，家贫无奈做先生"里化出来。五四以后，整个社会在一片呐喊声中，很快陷入了彷徨。夏先生对国家的前途颇有些失望，搬到白马湖，译点小文章，在春晖中学教几节课，幻想着过隐居的田园生活。开明后来出版的一本畅销书《爱的教育》，就是他在这时期翻译的。

有一天，好友刘大白打了一封电报给夏先生，邀他去杭州做官。刘大白曾是他的同事，五四前后一起支持过学生运动，按说也算是志同道合。从情理上来说，刘大白显然不会给夏先生当上，换了别人准会喜出望外，夏先生却把电报扔还给了脚夫，一句话也不说，自顾自地弄着门前的花木。送电报的脚夫急了，说："老先生不给赏钱，脚钱总得给吧，我好歹是来回跑了十几里路。"夏先生说："电报又不是我叫你送的，你要脚钱，向打电报的人要去！"脚夫气得想骂娘，又没这个胆子，只好自认晦气走人。

这活脱是《世说新语》中的段子，如果夏先生真的是一直过隐居生活，后来我们所熟悉的那些故事，也就不存在了。中国知识分子向往田园，希望过隐居的生活，说来说去，还是因为不得志。说好听一点，是不愿为了五斗米折腰，可是城市生活有时候就是五斗米。现实世界中的隐居生活本来就是不现实的，夏先生在白马湖的时间并不长，没有几年，他再次去了上海，到立达学园教国文，兼教文艺思潮。立达学园是教育救国的又一个例子，代表着当时的一种社会理想，地处还很偏僻的江湾，有一个农场，在此地教学的同样都是些很有名望的人，譬如朱光潜，譬如方光焘和丰子恺，还有马宗融和赵景深等。夏先生虽然没有什么正式文凭，毕竟有些真才实学，加上他是留学生，不仅在立达站住了脚，不久又成了暨南大学的中文系主任。

说来说去，夏先生一生的理想，还是落实在了教育上。"莫做先生"不过是一时的气话，他这一辈子，也只能是做做"先生"。夏先生当系主任的日子并不长，或许觉得面对学生在课堂上讲课，还不如索性编书让学生自己去读更好，他很快就把个人的全部精力，投入到编辑事业中，成了开明书店的编辑主任。有一种说法是担任了编辑所长，反正是编辑工作方面的主要负责人，从此就和开明书店分不开了。可以这么说，没有夏先生，就没有开明书店，更没有什么开明传统。熟悉开明的人都知道，这书店不是什么实力雄厚的大出版社，可是它出版的文学和教育书籍，却非同小可，巴金的代表作《灭亡》《新生》《家》，茅盾的代表作《幻灭》《动摇》《追求》《子夜》，丁玲的《在黑暗中》，王统照的《山雨》，最初都是在开明出版。还有影响广泛的《中学生》《开明少年》杂志，还有钱钟书的《谈艺录》，最难能可贵的，是开明培养了一支认真负责朴实无华，始终能坚守文化教育底线的编辑队伍。

一九四九年以后，开明书店并入了中国青年出版社，五六十年代出版了很多有影响的文学读物，譬如《红岩》《红日》《红旗谱》，还有柳青的《创业史》。部分开明人去了人民教育出版社，成了该社编写教材的中坚力量。不管怎么说，中青社和人教社最能继承开明传统，而传统本身又是由编辑的优秀素质决定。人才就是人才，搁什么地方都可以闪光。

五

父亲生前常和我说夏先生的轶事，一九三七年，十一岁的父亲逃难时路过白马湖，一下子就被夏先生收藏的书籍吸引住了。想不到在偏僻的乡间，竟然会有这么个好地方。父亲和后来的我一样，自从见识了白马湖，从此就对它赞不绝口。

父亲对夏先生的印象，已全然没有了当年的名士风度，说一口浓浓的绍兴话，喜欢抿几口老酒，酒喝得不多，却老是在喝。父亲说夏先生永远是在发愁，进亦忧，退亦忧，抗战前忧心忡忡，抗战胜利了，仍然是忧心忡忡。他显然是个悲观主义者，悲观到连人家生孩子，都会触景生情地唉声叹气，为这孩子未来的生存感到担忧。夏先生的一生是个矛盾体，既寄希望于文化教育，又对现实和未来非常失望。他相信文化教育可以改变人生，又发现世道人情的变化，完全不合自己的本意。"以悲观之人，生衰乱之世"，这是夏先生一生的不幸。晚年的夏先生对什么都不满意，牢骚满腹，这也看不入眼，那也听不入耳，他曾对自己的小女婿我伯父抱怨：

"只有你们老人家，说总会好起来的，到底哪能会好，亦话勿出。"

夏先生的逝世，让很多老朋友感到悲哀。因为正好是抗战胜利不久，大家还没有从喜悦中惊醒过来，大好前程刚刚开始，他竟遽尔作古了。逝世的前一天，夏先生对我祖父说了这样一句话："胜利！到底啥人的胜利——无从说起！"

作为一名留日学生，夏先生对日本文化有深厚的感情，非常欣赏日本人的文学艺术和生活情趣。他认为中国是打不过日本的，因为他既熟悉中国人，也熟悉日本人。夏先生不好战，但是他有一个坚定的信念，这就是坚决不做亡国奴。"一·二八"事变后，他捡了一块日本空军扔的炸弹碎片供在书桌上，借以表达对侵略者的仇视。日本人来了以后，他不再出门，放弃了最微薄的一份薪水。一九四三年，他曾被日本宪兵司令部捉去，关了一阵才放出来，在此期间，他拒绝用自己擅长的日语回答日本人的审讯。

夏先生就葬在平屋后面的山坡上，在一片翠绿之中，遥望着白马湖。他死后，生前好友组成了夏丏尊先生纪念金委员会，募集了一笔款项，专赠任职十年以上，教学成绩突出，在语文教学上有创见的中学国文教师。"先生泉下有知，必将谓吾道不孤，惠同身受，而受之者亦可以得所慰藉，益加奋勉。"可惜这个奖只发过一次，受奖者是姚韵漪女士，随着当时的通货膨胀，物价飞涨，钱根本就不值钱，奖金因失去意义而无法继续。

据说弘一法师出家，还是因为夏先生的缘故，是夏先生让李叔同接触到了佛学的光辉。夏先生有许多佛教界朋友，他过世以后，几位信佛的朋友坐在他床前，点燃了一支支藏香，不停地念着"南无阿弥陀佛"。夏先生最终是火化的，在当时，只有信佛的人才会这样。对夏先生的评价，有一位叫芝峰法师的出家人说的一段话最为贴切，这段话是法师在点火前说的：

> 夏居士丏尊六十一年来，于生死岸头，虽未显出怎样出格伎俩，但自家一段风光，常跃然在目。竖起撑天脊骨，脚踏实地，本着己灵，刊落浮华，露堂堂地，蓦直行走。贫于身而不谄富，雄于智而不傲物，信仰古佛

而不佞佛，缅怀出世而非厌世，绝去虚伪，全无迂曲。
使强暴者失其威，奸贪者有以愧，怯者立，愚者智，不
唯风规今日之人世，实默契乎上乘之教法。

二〇〇五年十一月十四日　南山

巴金的最后三部小说序

巴金先生在我的记忆中，首先是一长串的书名。我二十岁时，有个女孩是巴金的崇拜者，喜欢没完没了谈论他。巴金的小说并不以故事取胜，为了讨好爱好文学的美丽女孩，我牢牢地记住一些篇目。记得有一阵自己真被搞糊涂了，譬如有两篇小说的名字差不多，一篇《秋天里的春天》，是翻译，另一篇《春天里的秋天》，是创作。那个女孩常用巴金小说来为难人，动不动玩点智力测验的小游戏，我不想让她太得意，又不愿意她太失望，在回答问题时故意犯些小错误。

因为有了电影《家》，有那么一批优秀的好演员捧场，上岁数的人提起巴金如数家珍。我的父亲一生以读书多自豪。他总结巴金小说，得出的结论是能知道几个三部曲就行了，譬如"激流三部曲",譬如"爱情三部曲",譬如"抗战三部曲"。与前面那个坚决不肯放过巴金的女孩不一样,父亲的兴趣是外国小说,他的结论属于删繁就简,该偷懒就偷懒。父亲认为,巴金作品看过一本《家》就足够。这样的观点我后来也经常遇到,听上去十分内行,课堂上老师这么说,论文中这么写,大致意思都是,巴金的代表作是《家》,放大一点再加上《春》和《秋》,其他便不重要了,起码不那么著名。曾经听到一位研究专家言之凿凿,说巴金写完《家》以后,再也没有什么重要作品。这位专家的观点是"激流三部曲"一本不如一本,巴金不过是个走下坡路的作家,《家》让他达到了荣誉顶峰,然后一蹶不振,靠吃老本过日子。很长一段时间,我也相信这样的观点,熟悉的巴金只是一些书名和一本《家》。

老实说,我不是特别欣赏《家》,或许名气太大的缘故,或许故事简单而且概念化,说出来颇有些煞风景,我只是为写研究生论文才系统地阅读巴金。要研究这一段文学史,这样的重要作家自然绕不过去。我曾经有过一段认真阅读中国现代文学作品的经历,那是一种地道的板凳功夫,狼吞虎咽了一大堆作品。有个朋友不理解为什么要这样花功夫阅读,他拿起一本早已发黄的书籍,轻轻拍了一下,说你像一个书虫似的,在这堆旧书上爬来爬去有什么乐趣。真说不清楚乐趣在哪里，如今回想起来，只能说自己不后悔这段经历。我一向读书很杂，有机会集中读些作品也是人生的一种造化，事实上，只有经过认真阅读，通过比较鉴别，才可能纠正以往约定俗成的一些错误观点。在我的阅读印象中，整体的现代文学似乎并不怎么样。这个历史时期的文学特色不在于成熟，而在于它的不断成长。前辈业绩并不像我们设想的那么高，一个朋友曾经有过两个尖刻的谬论，他觉得现代文学之所以被拔高，一是那些写小说的人，本来不怎么样，一九四九年以后普遍做了文化官僚，掌握了话语权，因此难免有自吹自擂和别人抬轿的嫌疑；二是在"文化大革命"中，现代文学成了反动作品，于是物极必反，毒草成了香花，受虐待转为资本，很一般的东西都跟着浑水摸鱼。

把中国现代文学说得如何成熟显然不恰当，更不恰当的是忽视了它的不断成长。研究一个作家，研究一个文学时代，忽视这种进步是不对的，也不公平。评价过高或者忽视进步，都是不可取的态度。某些流行观点根本经受不起检验，譬如武断地认定巴金在《家》之后便没有成功的作品。平心而论，仅仅是"激流三部曲"的后两部《春》《秋》，无论思想还是艺术，都明显要比《家》进了一步。为此，我曾和父亲展开讨论，也和读过巴金小说的朋友进行对话，结果发现包括父亲在内的不少人，对《家》之后的很多小说其实都没有认真拜读。大家的结论不谋而合，竟然都相信作者不可能再写出比《家》更出色的作品。这是非常有趣的现象，一个作家早期作品的成功，掩盖或损害了其他作品的光辉，阅读因为一些想当然的简单否定而不幸中断。我们自以为是地下了结论，轻易相信了这个结论，大家议论某些作品的时候，并不意味着一定真正熟悉它。

沈从文先生谈起创作经验，曾说过一个人只要努力写作，越写越好很正常。这观点用来形容巴金的小说最恰当不过。巴金早期的作品中，艺术上有些粗糙之外，阶级斗争成了重要元素，社会问题是首要问题。譬如《家》是一部典型的反封建教科书，所有道理都显而易见，高老太爷象征什么，觉新和觉慧代表什么，留下的是一种标准答案。标准答案会把很复杂的事情简单化甚至庸俗化，既然根源出在封建社会和封建意识上，社会革命便可以轻松解决一切问题。长期以来，巴金越写越好的真相始终处于被忽视状态，文学成就被片面理解，艺术探索被人为割断。由于众所周知的原因，巴金常被文学之外的话题所包围，小说家巴金代替了巴金的小说。虽然曾经拥有过广泛的读者，巴金的作品并非一直畅销，读者总是有意无意地忽视他后期的努力。事实上，巴金从来没有放弃过创作上的追求，他一直在努力写作，在不断探索，而他个人的每前进一步，都与现代文学的发展轨迹相吻合。换句话说，巴金的文学道路，也是中国现代文学进步的真实写照。纵观他的创作生涯，《家》是一个不错的起点，《秋》是进步的转折点，从《憩园》开始，他进入了一个崭新境界。中国现代文学经历了一个主题从简单到复杂的发展，在这个过程中，小说变得越来越好看，越来越专业，越来越深刻。

为了让读者更完整更准确地认识巴金，浙江文艺出版社决定重新出版《憩园》，出版《第四病室》，出版《寒夜》，并且命令写序。我感到非常恐慌，巴金小说如高山大海，用不着后辈跑出来胡说八道。好的艺术作品永远也不可能被埋没，巴金最后的这三部小说，不仅是个人的绝唱，也是一个文学繁荣时期骤然停止的标本，不仅代表着他的最高创作成就，也代表着整体的中国现代文学的最高艺术水准。忽视它们，对后来的写作者，对年轻一代的读者，都会是个不小的损失。

二〇〇三年五月三十一日　河西

纪 念

一

我对父亲的最初印象，是他将我扛在肩上，往幼儿园送。我从小是个胆小内向的孩子，记得自己总是拼命哭，拼命哭，不肯去幼儿园。每当走到那条熟悉的胡同口，我便有一种世界末日来临的恐惧。父亲将我扛肩上兜圈子，他给我买了冰棍，东走西转，仿佛进行一项很有趣的游戏，不知不觉地绕到了幼儿园门口。等到我哇哇大哭之际，他已冲锋似的闯进幼儿园，将我往老师手里一抛，掉头仓皇而去。

我在十岁的时候，从造反派那里知道自己是一个被领养的小孩。时至今日，我仍然不知道自己的亲生父母是怎么一回事。我只知道我的血管里流着的，是一个普通的平民的血。显然从一开始，我就是一个多余的产物。很多好心人都以为我之所以能写作，仅仅因为遗传的因素，有的人甚至写评论文章说我身上有一种贵族气质。溢美也好，误会也好，不管怎么说，我能够在文坛上成名，多多少少沾了我祖父和父亲的光。我的祖父和父亲，不仅文章写得好，更重要的是他们有非常好的人品。他们的人格力量为我在被读者接受前，扫清了不少障碍。我受惠于祖父和父亲的教育与影响这一点不容置疑。

父亲不止一次说过，觉得我这个儿子和亲生的没什么两样。父亲知道这是我们之间一个永恒的遗憾。事实上，多少年来，无论是父亲，还是我的祖父，都对我非常疼爱。这是一个敏感的话题，常常有人利用这个话题，而父亲从不利用我是领养的这个事实来伤害我。

我偶尔从一张小照片上知道自己本来姓郑，叫郑生南。照片上的我最多只有一岁。我想这个名字只是说明我出生在南京。

我很小就开始识字了。在识方块字这一点上，我似乎有些早熟。父亲属于那种永远有童心的人，做了一张张的小卡片，然后在上面写了端端正正的字让我认。那时候他刚从农村劳动改造回来，和他的好朋友方之一起写剧本。我记得父亲和方之常常为教我识字，像小孩子一样哈哈大笑。父亲和方之在一九五七年，为同一件事被打成了"右派"，他们内心深处自然有常人所不能体会到的痛苦，但是他们留在我童年记忆中的哈哈大笑，比他们教我认了什么字，印象深刻得多。

我记得父亲和方之老是没完没了地抽香烟。屋子里烟雾腾腾，两个人愁眉苦脸坐在那。他们属于那种典型的热爱写作的二十世纪五十年代的书呆子。我小时候是一个公认的很乖巧的小孩，他们坐在那挖空心思动脑筋，我便一声不响地坐在他们身后，很有耐心地等他们休息时教我识字。除了害怕上幼儿园，我从来没有哭闹过。我永远是一个害怕陌生喜欢寂寞的小孩。

我小时候做过的最早的游戏，就是到书橱前去寻找我已经认识的字。祖父留给父亲的高大的书橱，把一面墙堵得严严实实。这面由书砌成的墙，成了我童年时代最先面对的世界。父亲和方之绞尽脑汁地写他们的剧本，我孤零零拿着手上的卡片，踮起脚站在书橱前，认认真真核对着。厚厚的书脊上的书名像谜语一样吸引住了我，就像正在写的剧本的细节缠绕住了父亲和方之一样。

那时候我大概才三岁，有一次大约是发高烧，我在书橱前站了一会，不知怎么又回到了小凳子上坐了下来。我经常就这么老实地坐在那，因此正在写剧本的父亲丝毫没有意识到我的异常。现在已经弄不清楚究竟是方之，还是我的父亲先发现我像螃蟹一样地吐起白沫来，反正我当时的样子把他们两个书呆子吓得够呛，他们手忙脚乱不知所措，慌了好一阵子，才想起来去找邻居帮忙。

二

父亲的童年一定很幸福。我读研究生的时候，有一年在杭州，计划去看望郁达夫的儿子郁云。由于某件事的打扰，结果只是我的几个师兄弟去了，他们见到了郁云，对其留下的最深刻的印象，就是他很感叹地说自己没有一个像我父亲那样的温暖家庭。

父亲出生时，祖父在文坛上的地位已经奠定。父亲是祖父的小儿子，在他前面还有一个哥哥和姐姐。我从没听父亲讲过他小时候有什么不愉快。无论是父子关系还是母子关系，无论是兄弟关系还是姐弟关系，他每每提到时，都能很自然地让别人感受到他童年所享受到的天伦之乐。我的伯母很早就进了叶家门，作为长嫂，她常常照顾父亲。父亲一直把自己的嫂子当作大姐姐，伯母的名字中有一个"满"字，父亲一直很亲切地叫她满姐姐。

　　父亲显然得到了太多的溺爱。和哥哥姐姐比起来，父亲自己照顾自己的能力最差，我的姑姑常常开玩笑，说父亲小时候连皮球也不会拍，别人不会拍，一学就会，可他就是学不会。父亲甚至也不会削苹果，要是没人伺候，糊里糊涂洗了洗就连皮吃。

　　父亲的家庭永远充满了融融洽洽的空气。难怪郁达夫的儿子会羡慕，就连祖父的老朋友们，也不止一次在文章中流露出类似的意思。宋云彬先生就直截了当地说过："尤其使我艳羡不止的，是他的那个美满的家庭。"朱自清先生也说过："圣陶兄是我的老朋友。我佩服他和夫人能够让至善兄弟三人长成在爱的氛围里。"

　　伯父在他们兄弟三个合出的第一本集子《花萼》自序中，写到了这种爱的氛围：

　　　　今年一月间，我们兄弟三个对于写作练习非常热
　　心。这因为父亲肯给我们修改，我们在旁边看他修改是
　　一种愉快。

　　　　吃罢晚饭，碗筷收拾过了，植物油灯移到了桌子
　　的中央。父亲戴起老花眼镜，坐下来改我们的文章。我
　　们各据桌子的一边，眼睛盯住父亲手里的笔尖儿，你一

句，我一句，互相指摘、争辩。有时候，让父亲指出了
可笑的谬误，我们就尽情地笑了起来。每改罢一段，父
亲朗诵一遍，看语气是否顺适，我们就跟着他默诵。我
们的原稿好像从乡间采回来的野花，蓬松的一大把，经
过父亲的挑剔跟修剪，插在瓶子里才像个样儿。

没有比这更合适更传神的文字，可以用来表达父亲少年时
代的欢乐生活。出版《花萼》的时候，父亲刚刚十六岁。在祖父
善意的鼓励下，在哥哥姐姐的影响下，父亲很早就表现出了在写
作方面的特殊才能。父亲过世以后，伯父和姑姑从北京乘飞机赶
来，参加了父亲的遗体告别，姑姑说，父亲从小就想当作家。她
有点想不通的是，父亲多少年来始终把写作当回事。事实上他们
那一辈的三个人当中，的确也只有父亲一个人把写作当作了自己
的唯一职业。尽管伯父和姑姑也写了许多东西，有的文章写得非
常好，但是写作只是他们业余生活的一部分。姑姑的专业是外
语，伯父是出色的大编辑。和父亲不太一样，伯父和姑姑从来不
硬写。他们很少写那些自己不愿意写的东西。

父亲少年时代写的文章，一直让我感到嫉妒。父亲那时候的文
章充满了一种让人目瞪口呆的才气。我早逝的堂哥三午，是我们这

一代中最有文学才华的一个人，他不止一次说："叔叔的文章真棒。"三午有一篇中学作文，就是讲自己如何抄袭我父亲的作文，如何得到老师的好评，然后又如何意识到自己这么做不对。不少评论文章把祖父誉为中国的契诃夫，三午却独有见解地认为，如果不放弃自己的写作风格，也许真正成为中国契诃夫的便是我父亲。

宋云彬先生表扬父亲当年的文章，"没有一篇文章是硬写出来的"。朱自清先生认为父亲那时候的文章，"有他自己的健康的顽皮和机智"，"虽是个小弟弟，又是个'书朋友'，他的观察力和记忆力却几乎与大哥异曲同工"，"真乃头头是道，历历如画"。

高晓声叔叔是五十年代初认识我父亲的，那时候他还没开始写东西，他觉得自己很有幸能结识父亲，因为他曾听人说过，父亲早在十年前，就写出了一手漂亮的好文章。父亲和高晓声叔叔结识的那一年，刚二十五岁。

三

父亲似乎生来就像当作家的，也许是家庭环境造成的，也许是命中注定适合写东西。多少年来，没有什么比作家梦更折磨父亲。

　　父亲常常说自己原来是个好学生，可是上中学以后，一迷上了外国小说，便没有心思再念书。上课时，再也不肯安心念书，偷偷地躲在下面看小说。有一次，父亲躲在那专心致志地读小说，老师绕到了父亲的背后，不声不响地看父亲在看什么书。同学们都以为老师会大发雷霆，谁知道老师突然很激动地对父亲说："喂，你看完了，借给我看看。"

　　父亲看的显然是一本当时文学青年爱看的书。老师也是一个可爱的书呆子，他没有责备父亲，却和父亲交上了朋友。交朋友当然有那么些功利目的，那就是没完没了地跟父亲借书看。

　　没人知道父亲究竟看过多少书。书看得太多，这是父亲一辈子引以为荣的事。文学创作上过早的成功和成熟，使人充满自信，父亲相信自己再也用不着走上大学的窄路。不仅不用上大学，甚至连安安分分把中学念完都不肯，父亲相信自己已经是一名作家了，迫不及待地觉得自己应该走上社会。

　　祖父尊重父亲的选择。

　　于是满脸稚气的父亲便进入开明书店当职员。

　　作家梦折磨着父亲。在开明书店这段时间，父亲写了不少东西。父亲想当作家，更想当一个大作家。从年龄上来说，父亲那时候还是个童心未泯的大孩子，顽固地相信自己唯有像高尔基那样，一头扎入生活的海洋里，投身社会大学，"在清水里洗三次，在血水里泡三次，在碱水里煮三次"，才能成为一名真正的作家。

作家要"体验生活"这句名言还未风行的时候，父亲已开始身体力行实实在在地这么做了。内心躁动不安的父亲再也不愿意过平庸的日子，父亲显然成不了一个好职员。过早地参加工作走上社会，并不像事先想的那么有趣。于是浪子回头，父亲又考入了由熊佛西先生主办的上海戏剧专科学校，学习表演。上海戏剧专科学校是如今大名鼎鼎的上海戏剧学院的前身，这个学校培养了许多第一流的演员，然而在培养我父亲上，却遭到了彻底的失败。父亲显然也不是一块当演员的料子。父亲演得最好的一个角色，只是舞台上跑跑龙套的匪兵，父亲自我感觉演得很潇洒，把主角的戏都盖过了。

父亲很快厌倦了上表演课。也许熊佛西先生是祖父老朋友的缘故，他让缺课缺得有些不像话的父亲改读编导班。

可是父亲的兴趣投入到了"反饥饿，反内战"的学生运动中。为了当大作家，为了更好地体验生活，父亲放弃了自己良好的写作势头。像那个时代所有有理想的年轻人一样，父亲再不肯在课堂里坐下去。

编导班还没毕业，父亲又穿过封锁线，去了苏北解放区，参加革命。

有一段时期，父亲是"又红又专"的典型。

父亲参加了解放军对溃退的国民党部队的追击，参加了解放初期的运动。像父亲这样的书呆子，居然也会在腰间挎一支驳壳枪。土改中，父亲作词的《啥人养活啥人》一歌，风行大江南北。广大农民正是唱着这首歌，分田分房，控诉地主，斗争恶霸。

这以后，父亲福星高照，官运亨通。到一九五六年春天，刚满三十岁的父亲已是文联党组成员，是创作委员会的副主任。父亲是当时文联机关最年轻有为的干部。这是父亲一生中涉足官场最得意的黄金阶段。

然而父亲仍然不是当官的料子。父亲的梦想永远是当一个作家，当一个能写出一大堆书来的大作家。父亲和当时几个有着同样理想的好朋友，想办一个稍稍能表现一点自我的文学刊物，这个刊物叫《探求者》。结果是大难当头，老天爷说变脸就变脸。父亲成了反党集团成员，成了臭名昭著的"右派"。在父亲的难兄难弟中，除了方之，还有高晓声、陆文夫、梅汝恺、陈椿年。所有这些江苏二十世纪五十年代的文学精英，都因为"探求者"三个字吃尽苦头。父亲过世时，陆文夫叔叔就住在离我们家五分钟路的江苏饭店里，那天晚上他来吊唁，五分钟的路，昏昏沉沉走了足足半个小时才到。一进门，他就号啕大哭，半天也说不出一句话。

被打成"右派"，改变了父亲一生的形象。在这场厄运中，也许唯一欣慰的，是父亲有了几个荣辱与共的患难兄弟。

四

父亲从来就不是一个坚强的人。父亲的一生太顺利。突如其来的打击使父亲完全变了一个人。据父亲的老朋友顾尔镡伯伯说，刚刚三十岁出头的父亲，一头黑发，几个月下来，竟然生出了许多白发。父亲那时候的情景是，一边没完没了地写检讨和"互相揭发"，一边一根又一根地抽着烟，一根又一根地拽下自己的头发，然后又一根接一根地将头发凑在燃烧的烟头上。顾尔镡伯伯在纪念父亲的文章中认为，父亲就是在那个特定的年代里，"由一个探求的狂士变成了一个逢人便笑呵呵、点头弯腰的'阿弥陀佛'的老好人，好老人"。

少年气盛，青年得志，然而一切都发生了变化。江山易改本性难移，可是经过一九五七年的反右，父亲的性格的的确确是彻底变了。

父亲被下放到了江宁县去劳动改造。时间不长，前后不过是一年多，然后被调回来和方之叔叔一起写剧本。

我的命运就是在这时候和父亲联系在一起的。我想我的出现，多少会给父亲带来一定的安慰。父亲一向觉得我是个听话的孩子。那毕竟是父亲一生中最心灰意懒的日子。父亲送我去幼儿园，父亲和方之叔叔一支接一支抽香烟，没完没了愁眉苦脸地改剧本，父亲教我识字，所有这些都是我最初的记忆。我没见过父亲少年气盛的样子，也想象不出父亲青年得志的腔调。在我最初的记忆中，父亲就是一个倒霉蛋。

在父亲调到《雨花》之前，我没见过父亲有过什么扬眉吐气的日子。那是在一九七九年的四月，父亲的冤案得到了改正。"探求者"的难兄难弟又聚到了一起，开怀痛饮。方之就是在这一年秋天过早去世的，父亲像孩子一样号啕大哭。这是我第一次看见父亲如此淋漓尽致地表达自己的感情。

我的印象中，父亲永远是低着头听人说话。反右会这么有力地摧垮一个人的意志，今天想起来，简直不可思议。人往往会变得比我们想象中的更可怜。父亲真正做到了夹起尾巴做人，小心翼翼地做任何事。

到了"文革"，作为"右派"，父亲首当其冲是打击对象。在这场史无前例的浩劫中，常人所享受到的苦头，父亲无一幸免。肉体上的痛苦用不着再说，父亲精神上所受到的折磨，真正罄竹难书。"文革"彻底摧毁了父亲经过反右残存下来的那点可怜意志，诚惶诚恐认罪反省，不知所措交代忏悔，父亲似乎成了一个木头人，随别人怎么摆布。

我帮着父亲一起在街上卖过造反派油印的小报，也不止一次帮着父亲推板车去郊区送垃圾。父亲那时候只拿很少的生活费，卖小报算错账了要贴钱，还有人敲竹杠向他借钱，父亲一生中从来没像当时那么贫穷过，穷得自己必须精确地计算出一天只能抽几支廉价香烟。我清楚地记得父亲抽的是被誉为"同志加兄弟"的阿尔巴尼亚香烟，只要一角七分一包，这也许是中国历史上最便宜的洋烟。

父亲成了当时剧团里最好的劳动力，挖防空洞，敲碎石子，打扫厕所，脏活累活都能揽下来的一把好手。我们那时候在旁边的一家工厂里搭伙，父亲每顿都能吃六两米饭。

"文革"，父亲记忆中最想忘记又最不能忘记的，是父亲在交代时，把枕头边的话也原封不动地交代了。这实在是一种过分的没必要的老实。为了父亲交代的这番话，母亲差一点被打成了现行反革命。父亲为此内疚了一辈子，父亲的哲学从来宁愿天下人负自己，自己不负天下人。自己吃点苦受点罪算不了什么，多大的委屈父亲都可以忍，父亲唯一不想做的，就是去伤害别人。

父亲干了足足二十年的职业编剧。先是在越剧团，后来在锡剧团。我至今不清楚父亲究竟写了多少个剧本。好像不止一个剧本得过奖。

父亲不止一次和别人合作写过剧本。和方之叔叔，和高晓声叔叔，还有其他别的什么人。写剧本是父亲的一种生活状态。我从懂事以后，印象中就是父亲永远天不亮就爬起来修改剧本。父亲永远是在修改，抄过来抄过去，桌上到处都是稿纸，烟灰缸里总是满满的烟屁股。

父亲和别人合作写剧本，常常把自己的名字写在别人后面。很多人都说这是父亲与人为善，不争名夺利。我的看法是，不争名夺利只是一个方面，另一方面，父亲对于这些和别人一起苦熬出来的剧本，谈不上太多的爱。父亲从没向我夸耀过自己的剧本写得怎么好怎么好，提起自己刚写的散文，提起自己少年时代写的小说，父亲常常流露出那种按捺不住的得意，可一提起写的那些剧本，父亲便显得有些沮丧。

一九七九年六月，父亲在《假如我是一个作家》的结尾部分，用一种很少属于自己的激扬文字大声宣布："要是我的作品里不能有我自己，就没有存在的价值。"这是一句发自父亲肺腑的话。事实上，父亲对于那些没有他自己的文章，谁的名签在前面，甚至签不签名都无所谓。

职业编剧的生涯对于父亲来说，也许根本谈不上什么乐趣。写那些完全没有他自己的剧本，充其量只是混口饭吃吃。父亲不过是凭自己的一支笔当当枪手而已。父亲和方之被打成"右派"劳改回来以后，合写剧本《江心》，写着写着，被领导发现了"问题"，惊魂未定，又吓得不知如何是好。为了保险起见，父亲和方之不得不请当时不是"右派"的顾尔镡伯伯来帮他们把关。即使是写歌颂的剧本，也好像是走钢丝，稍不留神就会出大问题。

除了政治上的风险，写剧本最大的苦处，就是必须马不停蹄地按别人的旨意改。什么人都是父亲的上司，谁的意见不照着办都麻烦。每一层都喜欢做指示，都觉得看了戏不说几句不行。碰到懂行的还好，碰到不懂的活该父亲倒霉。很长一段时间里流行集体创作，集体创作说穿了就是大家七嘴八舌瞎说一通，然后执笔的人去受罪。

我目睹了作为执笔者的父亲所受的洋罪。虽然我现在也是一个作家，但是无论在我的童年，还是在少年，甚至上了大学以后，我都没想过自己要当作家。父亲的遭遇，使我很小就鄙视作家这一崇高的职业。各式各样的领导，局领导团领导包括工宣队军代表，各式各样的群众，跑龙套的拉二胡的什么事都不做的，只要有张嘴就可以对父亲发号施令。无数次下乡体验生活，无数次半夜三更爬起来照别人的旨意修改作品，父亲在没完没了"没有自己"的笔耕中，头发从花白到全白，越窝囊越没脾气，越没脾气越窝囊。

五

在首届"金陵藏书状元"的评选中，父亲被评为状元。评选活动很热闹，很轰轰烈烈，又是电视报道，又是电台转播。父亲很高兴地出现在电视屏幕上，乐呵呵地在电台的直播室里接受热心听众的电话采访。不止一家出版社要出藏书家辞典，许多人都来信称父亲已列入到了他编的辞典中，父亲觉得很滑稽，自己无意之中，怎么竟然成了藏书家。

父亲喜爱藏书。书是父亲的命根子，精神寄托的安乐园，然而父亲绝对不是传统意义的藏书家。藏书家的头衔对父亲来说，只是一场误会。

父亲从来不藏什么善版书珍版书。父亲的书本身并不值钱，全是常见的铅字本，而且几乎都是小说，都是翻译的外国小说。父亲写过《四起三落》专谈自己的藏书，承认自己的藏书"无非为积习难改，无非为藏它起来"。

父亲的藏书始终围绕着作家梦转。很显然，父亲的藏书和自己各时期所喜欢的作家分不开。去苏北参加革命之前，父亲收藏的作品以欧美作家为最多。父亲曾是俄国和上个世纪的法国作家的忠实读者，又对同时代活着的作家纪德、斯坦贝克、海明威、萨洛扬、雷马克等兴趣浓烈。参加革命以后，父亲的藏书大大地增加了苏联文学的比例。

藏书只是实现父亲作家梦想的一部分。经历了一九五七年的反右以后，藏书作为父亲想当大作家的一种手段，逐渐退化成为收藏而收藏的目的。当作家的意志遭到了迎头痛击，父亲并不坚强也没办法坚强，藏书范围终于糊涂不清大失水准，在孤寂的岁月里，父亲藏过小人书一样的外国电影连环画，近乎机械地买过各式各样的新鲜应时读物，买了为数不少的马列著作，各种版本的毛选，数不清的旧戏曲剧本和市面上最通俗流行的电影杂志。作家梦和藏书行为逐渐分离，藏书行为真正变成了一种习惯，一种毛病。父亲的藏书是时代的讽刺，记录了一个莫大的悲剧。一个梦想着献身艺术，成为职业作家的年轻人，几经沧桑，结果只成了一个不断买书看的看客。父亲岂是当了个藏书状元就能心满意足的人。

多少年来，父亲一直为自己读的书多感到自豪。对于一个终身都做着当大作家梦的人来说，父亲的文学准备实在太充分。父亲对于文学始终有一种文学青年的热情。随和不好斗只是父亲的处世态度，然而在文学见解上，父亲的卓识和挑剔只有我这个做儿子的最清楚。父亲当了多年的《雨花》主编，事实上却很少过问刊物的事，不愿过问的理由除了精力不够，更难说出口的是因为见不到好稿子。父亲常常和我说谁谁谁的小说怎么写得这么差，又说谁谁谁应该这样写而不应该那样写，得奖小说常常是父亲抨击的对象，红得发紫的小说常常读了一半便扔掉。谁也不会想到老实窝囊的父亲在文学上会那么狂妄，那么执着和生气勃勃。

　　父亲是由文学名著熏陶出来的，因为读的书太多，脑子里已经有了太多的定了型的文学文本。形式和内容上的重复，没有任何创新，这是父亲自己的，也是父亲一再教给我的判断作品好坏的直接标准。父亲对于文学有一双狠毒的眼睛，时髦的伪劣产品很难躲过父亲的法眼。

　　我是父亲藏书的直接受益者。过去我曾很狂妄地自信，在同一年龄段上，没有人看的书比我多。书是父亲的精神乐园，也是伴随我成长的食粮。天知道如果没有书，我们过去的岁月会是怎么样。"文革"后期，被没收的藏书退还了，堆得满地都是，那时候我正上中学，有好几年一张小床就搭在书堆中。我狼吞虎咽地看书，经常看到深更半夜。

　　父亲刚开始不让我乱看书。也许父亲觉得自己是文学作品的受害者，不愿意儿子重蹈覆辙。父亲常常出其不意地出现在书房里，板着脸检查我是否在读文学名著。为了对付父亲，我不得不在大白天读可以看的书，在半夜里读文学名著。我曾是雨果最狂热的崇拜者，曾经整段整段地往本子上抄。雨果的作品在那寂寞的岁月里，不止一次让我泪如雨下。

　　那年头父亲已开始戴罪修改那种"三突出"的剧本。父亲的习惯是半夜三更爬起来写，而这时候正好是我开始放下书睡觉之际。等到父亲发现我的秘密，已经为时过晚，他住在楼上，半夜里实在修改不下去，下楼散步时才发现我房间的灯光还亮着，我一边读一边哭泣的情景一定打动了父亲，父亲显然是不声不响地站在黑暗中看了许多次，才忍不住敲敲玻璃窗让我睡觉。

我永远忘不了自己偷看文学名著给父亲带来的烦恼。很长一段时期里，父亲老是为了我偷书看而无可奈何地唉声叹气。父亲的一生为那些不想写而硬写的东西消耗了太多的青春，父亲最不想看到的一个事实，就是儿子也会在文学这棵老树上吊死。

父亲希望我成为一个和文学毫无关系的人。因为这个缘故，高考制度恢复后，父亲坚决反对我考文科。偏偏鬼使神差，又因为眼睛不好的缘故，我只能考文科。接到大学录取通知，父亲没有向我祝贺，甚至连一个笑也没给我，父亲只是苦着脸，很冷静地让我以后不要写东西。

六

我考上大学的第二年，父亲的冤案得到了改正。老朋友们出了一口恶气，又重新聚到了一起，高晓声、陆文夫、方之像文学新人一样在文坛上脱颖而出。父亲重新回到作家协会，立刻贼心不死，开始写那些"有自己"的文章，写自己曾经熟悉的散文和小说。

父亲没有像他的老朋友那样大红大紫。我想内心很狂妄的父亲嘴上没说什么，心里一定不会太好过。"有自己"的小说并不是那么轻易地就能在文坛上站住脚跟，尽管父亲遍体鳞伤，可惜他写不来"伤痕小说"。父亲显然不是那种争名夺利之辈，但也许是在过去的岁月里太寂寞的关系，父亲对自己新写出来的作品毫无反响感到不堪忍受。写作的人，对于自己暂时不能被人理解通常有三种态度，一是义无反顾地向前走，一是顺变改造自己的风格，一是干脆搁笔不写。父亲选择的往往是最后一种。事实上，粉碎"四人帮"这么多年来，父亲真正动笔在写的日子并不多。

父亲的作家梦永远有些脱离实际。父亲想得太多，做得却又太少。在一个不能写不该写的时代，父亲始终在硬写，而在一个能写应该写的时代，父亲写得太少。在写作上不像自己的老朋友们那样勤奋，不能忍受一点点干扰，是父亲未能达到理想高度的重要原因之一。在过去的特定的时代里，由于大家都不能写，因此写与不写没什么区别，然而进入了新时期，大家都站在了同一起跑线上，写与不写，便有了严重不同的后果。

父亲病危期间，我一遍又一遍地想到父亲的写作生涯。让我感到吃惊的是父亲自认为可以留下来的作品，不到三十万字。这个数字真是太少了，因为其中还包括了父亲少年时代写的十多万字。一个作家真正能留下三十万字，并不算太少，可是面对父亲终身想当大作家的狂妄野心，面对父亲多少年来为了文学的含辛茹苦忍辱负重，三十万字又怎么能不说太少了。父亲毕竟一辈子都在写，除了写作之外，父亲毕竟什么也没干好过。

成为一个好作家从来就不是件容易的事。父亲常常教导我，也常常这样教导那些向父亲请教的文学青年，他常常说思想的火花，如果不用文字固定下来，就永远是空的。想象中的好文章在没有落实成文字之前，也仍然等于零。父亲自然是意识到了不坐下来写的危险性。

父亲常常有意无意地躲避写作。不写作当然会有各种各样的原因。正如福克纳所说的那样："如果这个人是一流的作家，没有什么会损害到他写作。"父亲似乎永远处于一种准备大干一番的状态，不断地对我宣布要写什么和打算怎么写。我听父亲说过许多好的甚至可以说是非常好的设想。写作对父亲来说太神圣了，正因为神圣，父亲对于写作环境的要求，便有些过分苛刻。作家太把自己当回事也许并不是什么好事，并不是什么人都能理解写作的神圣。作家永远或者说最多只能当个普通人。作家当不了高高在上为所欲为的皇帝。没多少人会把作家不写作的赌气放在眼里，不写作的受害者无疑还是作家自己。

对于一个太想写太想当大作家的人来说，放弃写作是一种自我虐杀。不写作的借口永远找得到，不写作的借口永远安慰不了想写而没写的受着煎熬的心灵。在这最后的十几年里，宝贵的可以用来写"有自己"的时间，像水一般从手指缝里淌走了。欢乐极兮哀情多，少壮几时兮奈老何。

也许只有我一个人能理解父亲想写却没写的痛苦。也许只有我一个人知道父亲所找的借口没一个站得住脚。过去的这些年里，作为《雨花》主编，无论行政或者稿件，事实上父亲都很少过问。主编只是一个优惠的虚衔，只是一种享受的待遇。至于编祖父文集这一浩大工程，事实上也是伯父一个人在编，祖父的文集已出至十一卷，父亲充其量不过浏览一遍三校样。祖父在八十多岁的时候，每天仍然伏案八九个小时。伯父更是个工作狂，现在已经七十多岁，独自一个人能干几个人的工作。让人疑惑不解的是，为什么祖父和伯父的这种优秀品质，在父亲身上便见不到了。祖父和伯父都在写作之外，干了大量别的工作。

　　我丝毫没有在这里指责父亲的意思。我的眼泪老是情不自禁地要流出来。父亲已把他热爱写作的激情传给了我。我是父亲想写而没写出来的痛苦的见证人。事实上，在过去的这段时间里，我总是婉言地劝父亲注意身体，写不写无所谓。事实上，是父亲一遍遍和我说他要写什么，父亲永远像年轻人一样喜欢摆出要大干一番的样子。事实上，他不止一次开始写，又不止一次被不能称其为理由的理由中断。

　　我感到悲伤的是，既然不写作给父亲带来了那么大的痛苦，父亲为什么不能咬紧牙关坚持写下去。既然父亲对写作那么痴心地一往情深，要写作的愿望那么强烈，为什么不能振作起来，勇敢地面对那些微不足道的干扰。

七

　　父亲的病来得十分突然。四年前，我的堂哥三午在一夜之间生急病去世。两年前，我姑姑的独生女儿宁宁莫名其妙地被确诊为癌症，而且已经到了无可救药的晚期。我从去年夏天开始，一直为一种怪病缠绕，是一种严重的神经方面的失常，我的血压的高压有时只有七十几，我对宴会恐惧，对人多恐惧，对任何敷衍恐惧，动不动就要吃镇静剂和救心丸，有一次甚至跌坐在上海车站的广场上爬不起来。

父亲病重之前，一直在为我的身体操心。父亲显然有一种很不祥的预感，那就是死亡的阴影正大步地向自己的下一代逼近。有时候遇上那种推托不掉的会议，那种根本不想作陪的宴请，父亲便悄悄走到我面前，看着我一阵阵变难看的脸色，关心地问我吃没吃药。有一次父亲注意到我的脸色太难看了，便和我一同中途退场。父亲逝世之后，伯父很感叹地对我说，过去的一年里，父亲不断地给北京的家里写信，说我的身体情况怎么怎么不好，又说自己怎么怎么为我担心。

父亲为我担心这一点我完全相信。伯父在谈到祖父去世以后自己的心情时说，他感到最大的悲哀是失去了一个可以说话的人。我和父亲在一起有说不完的话，很多人都羡慕我们这种关系。多年父子成兄弟，我们在一起无话不谈，什么都可以聊。我们在文学上有惊人的相似见解，我们互相为对方想写的东西出谋划策，我们互相鼓励也互相批评。父亲很喜欢我去年发表在《小说家》上的那篇《挽歌》，他认为那篇小说写得非常精彩，只是看了让人心里太难过。小说的主要情节是写一个老人哀悼心爱的早逝的儿子，这的确是我去年写得最满意的小说。我的身体正是在这篇小说写完后不久开始变坏的。

虽然因为历史的阴影，父亲最初的愿望是不让我当作家，可是这些年来，父亲常常流露出培养了一个作家儿子的得意。我创作上取得的点滴成功，只是父亲觉得作家应该怎么当的设想的证实。父亲为我提供了一个最好最有利的读书环境，为我树立了一个没必要争名夺利的楷模，父亲让我学会了如何面对寂寞，如何在作品中"有自己"，如何坚强有力地克服干扰。父亲的心路历程，成了我写作时的一面镜子，使我从一开始就明白当作家除了写作之外，别无出路。

父亲的病突然得让人没办法解释。本来只是想住进有着良好条件的高干病房，疗养一段时间。父亲好端端地带了一大包书，一沓稿纸，就像以往常有的情形那样，准备在病房里看书写稿子。

我去探视父亲的时候，父亲仍然像过去一样，跟我大谈等手头的这篇稿子结束以后，打算写什么和怎么写。两年前父亲有机会去泰国，当时他感到非常沮丧的就是，自己作为作家出访，竟然没一本个人的散文集。去年，我终于通过一个朋友的关系，为父亲找到了一个出集子的机会，父亲编完集子以后，吃惊地发现自己这些年来，并没有多少文字。父亲甚至都不敢相信，编一本十一万多字的小集子，仍然也要收集不少自己少年时期的作品。

父亲去世的时候，只有六十六岁。父亲一直相信会和长寿的祖父一样，还有许多年可以活。在医院里，父亲和我谈到他想写的两大系列的文章，当然都是回忆录一类的，父亲想写他的少年，写他的青年和糟糕的中年，想写他所熟悉的祖父的一些老朋友，写他自己的那些难兄难弟。父亲说着说着，会像孩子一样高兴地宣布："你看，我有多少文章可以写！"

然而父亲在医院里待了半个月以后，就开始有些变糊涂了。最初的诊断是脑萎缩和老年痴呆症。看着父亲突然越变越迟钝，变得像小孩子一样，我不知所措，想不明白为什么一下子会这样。

我不知道父亲是染上了病毒性脑炎。不止一次请好医生会诊，结论都是脑萎缩和老年痴呆症。我唯一能做的，就是顺着医生的思路考虑问题。许多人告诉我，老年痴呆症是一种折磨家属的慢性病。许多人都让我做好长期照顾病人的打算。事实上我的确做好了长期的准备。

我想父亲的思维不像过去那么敏捷已有一段日子。首先我发现父亲写的稿子已开始没有了旧时的光彩。近几年来，父亲对我的依赖越来越大，只要是动笔，事先总是和我讲他的思路，写作途中，不停地向我汇报字数进展，写完以后，不经我看过，一定不会寄出去。如果在几年前，若是鸡蛋里挑骨头，指出这儿或者那儿换一种说法似乎会更好些，弄不好就可能不高兴不愉快，因为父亲一向自视很高。可是这两年，我常常在父亲的稿子里挑出明显的错来，太明显了，明显得只要一提示，父亲就连声认错。

父亲对我的依赖到了可笑的地步，去参加一个会议，发言时说些什么这样的小问题，也要在事前和事后向我汇报。父亲的记忆力也开始坏得不像话，有些话已说过许多遍了，却又当作新鲜事兴致勃勃地告诉我。买什么书也要向我请教，事实上父亲已很长时间不怎么看书，好书不好的书根本弄不清楚。有些书家里分明已经有了，可是却又买了一本回来。

我做梦也不会相信父亲是病毒性脑炎，既然对医学一无所知，当然只有坚决相信医生这条路。我不得不相信父亲的确是脑萎缩，的确得了老年痴呆症。父亲的病迅速发展，他的智力水平很快降到了一个七八岁的小孩子程度，清醒一阵糊涂一阵，对于遥远的事，依稀还记得一二，对于眼前的事，刚说过就忘得一干二净。

父亲在最后的日子里，除了偶尔还继续他的作家梦，就是反复地想到老朋友高晓声和陆文夫，一提到高晓声叔叔就哈哈大笑，一提到陆文夫叔叔就号啕大哭。很显然，父亲已失去了基本的理智，眼光里常常发呆，哭和笑都让人捉摸不透。我不得不向来探望的人打招呼，让他们千万不要提到高叔叔陆叔叔。来看望父亲的老朋友实在太多，有的在短短的几天里连着来。父亲的为人众口交誉，大家都不肯相信大限的日子已经到了。

父亲的大小便开始失禁，开始嗜睡，开始浅昏迷，开始整个失去知觉的深昏迷，病情发展之快，让人目瞪口呆，伯父百忙中从北京赶来，陆叔叔从苏州赶来，好友亲朋纷纷赶来。

父亲的忌日是九月二十三日。这一天是省文代会报到的日子，各地代表风尘仆仆来了。父亲咽气以后，天色忽然大变，下起了大暴雨。此后一直天气晴朗，父亲火化那天，又正好是文代会闭幕，大家都说父亲真会选日子，说父亲不忍心让老朋友赶来赶去地奔丧，利用开文代会的机会和大家就此别过。

父亲火化的那天晚上，天又淅淅沥沥下起小雨来。

八

即使在最后的日子里，父亲也没有意识到自己会魂归仙岛。父亲即使死到临头，仍然顽固地相信自己会成为一个好作家。父亲没有认输，在精神上，父亲仍然是个胜利者。父亲带着强烈的作家梦想撒手人寰。在另一个世界，父亲仍然会继续他的作家梦想。

父亲的故事感伤地记录了一代知识分子曲折的心路历程。

父亲的故事只是一个文学时代的开始。

父亲的故事永远不会完。

一九九二年十一月

父亲和方之的友谊

　　方之是父亲的好友，他逝世那天，父亲脸色沉重从外面回来，对着窗外盛开的两朵月季，默默流眼泪。父亲喜欢用花来比喻方之，说他的笑十分灿烂，像一朵花似的。在方之逝世前的一个多月里，父亲差不多一直在为他的病情奔忙，不仅是父亲，母亲也投入到了这种奔忙之中，为方之找好医院，找好医生。能借助的人际关系都利用了，先是看中医，大家都相信方之疲劳过度，应该很好地调养一下。最后却查出来是肝癌，而且是晚期，记得父亲那段时间心情很郁闷，有一天，他对我说："方之快不行了，你去看看他，不过可别提他的病。"

　　我的大学离方之的医院不远。面对垂危的方之，我不知说什么好，只是和他的儿子李潮谈笑风生。如今想起来，这种做作的表演实在不怎么高明。我们心情十分压抑，为了向病人隐瞒病情，必须做出若无其事的样子。有气无力的方之不时问我几句，他谈到我写的一篇小说，说你们现在这些年轻人，写的东西都太冷了，一点希望都没有。我狡辩，说存在决定意识，确实没有什么希望，总不能硬编点什么希望出来。李潮在一旁不停打岔，在方之眼里，我和李潮虽然上了大学，仍然是两个没长大的孩子。大约打了止痛针的关系，方之当时并没有表现出多少肉体上的痛苦，他没有力气介入我们的谈话，只好瞪着大眼睛听我们胡说八道。

李潮比我大一岁，因为父辈的关系，我们从小就是好朋友。记得小时候下象棋，我那时候刚学会，根本不是李潮的对手，结果我们玩着玩着，便成了大人的对弈。通常是方之指点我，他的棋艺要比父亲强，所以赢棋的反而常常是我。印象中，方之永远是我们家的常客，动不动就和父亲合作写剧本，一天到晚在一起瞎聊，抽烟，喝茶。我母亲常说，父亲的狐朋狗友希望她最好不在家。一九六三年，母亲拍摄《双珠凤》去了上海，方之索性在我们家住下来赖着不走。保姆于是常抱怨，说这两个大男人日夜颠倒，成天烟雾缭绕，睡觉连脚也不洗。

方之死后，李潮写了一副挽联：

目不瞑志不酬我父血尽探求路

心不摧笔不挫儿郎再唱易水歌

方之逝世的一九七九年，"右派"的人气极旺。全国范围内的"右派"，都在那个时候改正错划。"右派"作家成了"重放的鲜花"，大出风头，以江苏文坛而言，高晓声和陆文夫脱颖而出，声名鹊起，都是连续两届的全国短篇小说奖得主。三十年河东，三十年河西，转眼之间，"右派分子"变成了人物。我认识的一个朋友，是工农兵大学生，记得他在"右派"改正错划前，曾很生气地对我说："妈的，这年头，工农兵大学生混得连'右派'都不如了！"一年以后，又一次见到我，他叹着气解嘲说："我要有个当'右派'的爹就好了。"

一九七八年秋天，方之从下放的苏北农村回到南京，听说我考上南京大学，十分激动，说弄到临了，还是我们老"右派"的小孩管用。在同一年，李潮考上了淮阴师范，方之的小儿子韩东考上山东大学，陆文夫的女儿考上了西南政法学院。我忘不了方之表现出来的得意，时隔二十多年，每当我想起他当时的表情，心里就不是滋味。在子女考上大学这件事上，父亲和方之表现出了两种截然不同的心态，方之是狂喜，父亲则是忧心忡忡。录取通知书寄到以后，父亲很沮丧地嘀咕，说文科有什么可读的。

无论是方之的狂喜，还是父亲的担忧，都是"右派"的典型心情，都可以看到"右派分子"内心深处的压抑。当痛苦被重新咀嚼，早已不是原汁原味。我不止一次听父亲说刚打成"右派"时的故事，父亲通常是笑着，轻描淡写。二十多年过去了，无论多么大的痛苦，都可能演变成一种亲切的回忆。在"探求者"小集团中，父亲年龄最大，三十一岁，陆文夫和高晓声二十九岁，方之二十七岁。被打成"右派"以后，父亲和方之相对无言，坐在一张草席上发怔。隔了很长时间，方之突然没头没脑地冒出一句："你是老大哥，我总归跟你走的。"父亲听到这句话，心里本来就乱，眼泪唰地一下就出来了，于是两人都哭，痛痛快快地哭。

父亲常常自责说他根本不适合做大哥，虽然年龄大一些，事实上一向习惯让别人做主。这个大哥做得于心有愧，父亲从来都不是个有主见的人，年龄和成熟并不成正比。更尴尬的是，父亲当了"右派"，仍然还得靠写作谋生。"探求者"事件以后，父亲和方之被发配到不同的地方劳动改造，方之新中国成立前就参加了地下党，一些老战友想方设法，替他找到了戴罪立功的机会——写一个歌颂"大跃进"的剧本。方之立刻想到父亲，说我还有一个老哥们，无论如何帮帮忙，把他也调回南京，我们习惯于一起创作。

以难兄难弟来形容父亲和方之的关系再合适不过，后来"右派"出了不小的风头，又改正错划又申冤。父亲与方之之间，有着太多的相濡以沫，他们一起遭殃，一起患难，同辛苦共命运。父亲提到自己和方之合作的剧本，总有一种被羞辱的感觉，明明是歌颂，可是因为柯庆施的一句话，剧本被打入冷宫，在"文革"中干脆成了毒草。方之为此想不开，服毒自杀，尽管被抢救过来，肝脏却因此受损，为日后的肝癌留下了伏笔。李潮的挽父联，用"血尽探求路"来形容，用"易水歌"来激励，只描述了冠冕堂皇的一方面，另一方面很少有人注意。

父亲说起打"右派"，常举的一个例子，就是莫泊桑的小说《项链》，女主人公玛蒂尔德为了虚荣，向女友借了一串金刚钻项链参加舞会，结果将项链弄丢了，为了赔偿，她经受了长期的痛苦生活，临了却发现不过是一串不值钱的假项链。故事的精华在于，这些痛苦其实是无须经受的，它消耗了人生中最美好的一段时光，来得有些不明不白。父亲看到别人眉飞色舞地吹嘘自己的"右派"经历，便忍不住要摇头。他不明白某些人为什么要睁着眼睛说瞎话，毫无疑问，"右派"中是有几位特别精英的人，他们有理想有抱负，但是大多数"右派"是为了一串假项链，做出了无谓的牺牲。面对如此痛苦的经历，说无怨无悔，实在是太离谱。

"右派"在电影电视上成了完美的英雄人物，有好女人爱他们，有明辨事理的老百姓关心他们。一个显而易见的事实被掩盖了，这就是因为现实社会的变态，有些"右派"的心灵被不公平的待遇扭曲，撕裂。他们中间有的人干脆成了疯狗，疯狂地咬别人，自己蒙冤，便希望别人也蒙冤，自己吃了苦头，就恨不得天下人都吃苦。道德水准极大地下降了，这也就是为什么一旦改正错划，有的人会以让人吃惊的速度堕落。有些"右派"掌了权，比左派更左，比当年把他们打成"右派"的人更狠。

一九五七年的反右，最大的恐惧在于，颠倒了黑白，混淆了是非。"右派"不但被别人歧视，更可悲的是自己也歧视自己。人们从将信将疑到确信不疑，显而易见的不合理被公然地合法化，指鹿为马，结果鹿就理直气壮地真成了马。对于"右派分子"来说，悲哀莫过于觉得自己有罪，觉得自己十恶不赦。在一些宗教中，原罪的观点有助于人们进行反思，因为在上帝面前，没有谁是真正的清白，但是有罪就是有罪，没罪就是没罪，这一点含糊不得，"右派"的原罪是一个巨大的真实谎言。

有罪的应该是认为"右派"有罪，这其中当然也包括"右派分子"自己。我想父亲和方之显然羞于"血尽探求路"这种荣誉，更没有什么慷慨激昂的"易水歌"可唱。在被打成"右派"以后，他们的自尊丧失殆尽，只是被动挨打，根本谈不上抗争。漫长的黑暗日子中，他们相依为命，舔着彼此带血的伤口。我想他们会成为好朋友，不仅是因为他们共患难，而且还因为他们可以在对方身上看到自己的影子。这也就是为什么方之逝世之后，父亲会那么伤心，那么情不自禁。父亲总说方之是一朵含苞未放的鲜花，还没来得及绽开，就过早地凋谢了。方之死的时候，只有四十九岁，也就是在他死的那一年，他的小说《内奸》获得了全国短篇小说奖。

父亲和方之之间有着最普通的那种友谊。即使不被一起打成"右派"，他们仍然会成为好朋友。人的一生中，多多少少总会有几位朋友。志同道合是一个原因，共同患难也是一个原因，作为后代，我印象中更深的是他们之间的频繁交往。直到上大学以后，那时候已经粉碎"四人帮"，我才偶然知道方之也是"右派"。小孩子并不懂得什么叫"右派"，也不知道什么叫文学，我只知道方之老是泡在我们家，永远没完没了地说话。用臭味相投来形容最合适，在一起他们感到很自在，无拘无束。作为女主人，母亲常说父亲的朋友中，方之最容易打发，留他吃饭，只要添两个荷包蛋就行了。印象中，方之总是大笑，很放肆地大笑。他仿佛就是我们家庭中的一员，仿佛真是父亲的一个弟弟。虽然有着被打成"右派"的经历，但是大多数时候，方之总是乐呵呵的。

父亲常常要说一些方之的笑话。大热的天，为了写作，方之会异想天开地放一盆冷水，然后坐在冷水里继续写作。不是在卫生间，就在房间里，坐在那种普通的木盆里，弄得地板上都是水。为了写篇一万七千字的小说，他竟然能够打上十七万字的草稿。最可笑的是他的戒烟，手上成天拿着一支香烟，放在鼻子周围闻来闻去，样子极其狼狈。他说只有这样还能忍住不抽，才是真正戒烟成功。父亲为此老挖苦他，有一次，他实在憋不住了，让父亲吸足了一口烟，往他脸上喷，然后，又得意扬扬地夸自己终于挺过来了。可惜的是，眼见着快大功告成，那次戒烟却又以失败告终，导致失败的原因，是他要去我所在的大学作报告。不知道是谁联系的，反正他答应了下来，内心十分紧张。作报告的前一天，他很严肃地拉住我，问现在的大学生想听些什么，如果他说什么什么，大学生会不会愿意接受。父亲不明白他为什么会紧张得坐立不安，在一旁安慰他说："想到什么就说什么，管他们要不要听。"

方之愁眉苦脸地说："这可是给大学生讲课！"

那天的讲座安排在一间不大的教室里，老师先做介绍，方之非常尴尬地坐在下面，抖抖颤颤摸出一包没开封的香烟，看了半天，犹豫着拆封，从中取出一支烟，偷眼巡视周围，然后毅然划着了火柴。方之那天说了些什么，我已经一点印象都没有，唯一能记住的，就是他又开始抽烟了。方之有着很严重的肺气肿，戒烟已是迫不得已。为此，父亲还说了方之一通，他也不争辩，一脸傻笑。身体是革命的本钱，他的本钱实在是弱了一些，父亲陪方之去看病，医生最直截了当的建议，就是立刻戒烟。那医生是我们家的老朋友，私下里对父亲说，方之的肺气肿随时可能引发心脏病。父亲觉得他根本没必要把一次去大学的普通讲座看得那么认真。

那个时候，正在酝酿"右派"改正错划，正式文件尚未下来，"右派"们一个个已经蠢蠢欲动。因为方之的动员督促，父亲去了《雨花》。已经熄灭的文学之火，某种意义上来说，是方之重新为父亲点燃的。在过去的许多年里，父亲的职业是个编剧，一直在编那些可有可无的戏曲剧本。这种无聊的写作状态，极大伤害了父亲的文学梦想，他对重新回到作家队伍已没什么兴趣。同样是经历一九五七年的反右，方之对文学痴心不改，不仅自己继续写，还培养儿子写。对待下一代的态度，父亲和方之的观点截然不同，都觉得对方有些莫名其妙。父亲觉得方之自己苦头没吃够，还要害儿子一起遭殃受罪，方之却觉得父亲非常执着地要把儿子培养成一名好工人的想法不可理喻。

父亲去《雨花》意味着他重新回到敬而远之的文学战线，在这之前，他的脑子里经常盘算的是韵脚，是唱词。方之逝世前，颇有些当年办《探求者》的热烈气氛，一九五七年，因为这本并没有正式出版的刊物，一群有才华的年轻人成了反党小集团的成员。二十二年过去了，历史绕了个大圈子，又是改正错划，又是申冤，当年的年轻人，一个个头发都白了，重新聚到一起喝酒，开怀畅饮，再次成为省里以至全国都有些影响的作家。然而好事刚开头，文学的大戏刚拉开序幕，在改正错划后的半年，方之就匆匆地离开了人世。这不能不让父亲感慨万千，这不能不让父亲悲痛欲绝。我从未看过父亲如此淋漓尽致地表达他的感情，号啕大哭，默默流泪，一篇又一篇接着写纪念文章。

"闲夜思君坐到明，追寻往事倍伤情"。转眼之间，又是二十二年过去，父亲过世也快九个年头。每当我回想到父亲和方之的友谊，就心酸，就止不住要落泪，既为他们的友谊感动，又为他们的遭遇痛心。我忍不住会想，如果友谊需要那么大的代价和成本，一定要在"右派"的这口大锅里煮一下，还不如没有更好。忍不住又想，好货不便宜，试玉要烧三日满，辨材须待七年期，经历一场痛苦，交一个好朋友，所谓"人生得一知己足矣"。苦难从来就不是必需的，然而人类常常如此荒唐，如此不近人情，有时候因为缺少苦难，也会附带缺少许多珍贵的东西。

二〇〇一年八月二十日　河西

郴江幸自绕郴山

林斤澜是父亲的挚友，他不止一次对我说过，江苏作家和浙江作家相比，现代是浙江强，当代是江苏强。现代是祖父那一辈，当代是父亲这一辈。现代作家中，浙江有鲁迅，有茅盾，有郁达夫，有艾青，都是高山仰止的顶级人物，自然无法比拟。到当代作家这一拨，按照林斤澜的看法，江苏有高晓声，有方之，有陆文夫，还有汪曾祺，情况完全不一样。

对新时期最初几年的文学，我始终有些隔膜。作为一名中文系大学生，你没有办法不感觉它活生生地存在，而且一段时间，江苏以及全国的文学精英都在眼前转悠，这些人是父亲的好朋友，在我没有成为作家之前，父辈的名作家见了不计其数。我常常听父辈煮酒论英雄，在微醺状态下指点文坛，许多话私下说着玩玩，上不了台盘。我记得方之生前就喜欢挑全国小说奖得主的刺，口无遮拦，还骂娘。最极端并且留下最深印象的，是高晓声神秘兮兮告诉我，说汪曾祺曾向他表示，当代作家中最厉害的就数他们两个。天下英雄，使君与操，余子谁堪共酒杯。我一直疑心原话不是这样，以汪曾祺的学养，会用更含蓄的话，而且汪骨子里是个狂生，天下第一的名分，未必肯与别人分享。

提起八十年代初期文学，不提高晓声和汪曾祺这两位不行，他们代表着两种重要的文学现象。八十年代中期，有一次秋宴吃螃蟹，我们全家三口，高晓声与前妻带着儿子，林斤澜夫妇，加上汪曾祺和章品镇，正好一桌。老友相会，其乐融融，都知道汪曾祺能写善画，文房四宝早准备好了，汪的年龄最高，兴致也最高，一边吃一边喝彩，说螃蟹很好非常好，酒酣便挥袖画螃蟹，在众人的喝彩声中，越画越忘形。然后大家签名，推来推去挨个签，最后一个是高晓声的儿子，那时候，他还在上中学，第一次遇到这种场面，有些怯场，高低声对儿子说，写好写坏不要紧，字写大一些，用手势比画应该多大，并告诉他具体签在什么位置上。高晓声儿子还是紧张，而且毛笔也太难控制，那字的尺寸就大大缩了水，签的名比谁的字都小，高因此勃然大怒，取了一支大号的斗笔，蘸满墨，在已经完成的画上扫了一笔。

大家都很吃惊，好端端一幅画被活生生糟蹋了，记得我母亲当时很生气，说老高你怎么可以这样无礼。汪曾祺也有些扫兴，脸上毫无表情。事后，林斤澜夫妇百思不解，问我为什么会这样。我说可能是高晓声对儿子的期望值太高了，他忍受不了儿子的示弱。按说在场的人，朋友一辈的年龄都比高晓声大，只有我和他儿子两个小辈，高晓声实在没必要这么心高气傲，再说签名也可以裁去，何至于如此大煞风景。

第一次见到高晓声，是考上大学那年，他突然出现在我家。高晓声和父亲是老朋友，与方之、陆文夫都是难兄难弟，一九五七年因为《探求者》被打成"右派"，一晃二十年没见过面。乡音未改，鬓毛已衰，土得让人没法形容，农民什么样子，他就是什么样子，而且是七十年代的农民形象。那时候"右派"还没有改正错划，已粉碎了"四人帮"，刚开完三中全会，"右派"们一个个蠢蠢欲动，开始翘起狐狸尾巴。这是个日新月异的时代，高晓声形迹可疑地转悠了一圈，人便没有踪影，很快又出现，已拿着两篇手稿，是《李顺大造屋》和《漏斗户主》。

高晓声开始给人的印象并不心高气傲，他很虚心，虚心请老朋友指教，也请小辈提意见。我们当时正在忙一本民间刊物《人间》，对他的小说没太大兴趣。最叫好的是父亲，读了十分激动，津津乐道，说自己去《雨花》当副主编，手头有《李顺大造屋》和方之的《南丰二苗》，就跟揣了两颗手榴弹上战场一样。《李顺大造屋》打响了，获得全国短篇小说奖，这是后话，我记得陆文夫看手稿，说小说很好，不过有些啰唆。话是在吃饭桌上说的，大家手里还端着酒杯，高晓声追着问什么地方啰唆了，陆文夫也不客气，让我拿笔拿稿子来，就在手稿中间删了一段，高当时脸上有些挂不住。我印象中，文章发表时，那一段确实是删了。

八十年代初期的文学热，和现在不一样，不谈发行量，不谈钱。印象中，一些很糟糕的小说，大家都在谈论，满世界都是"伤痕"，都是"问题"，作家一个个像诉苦申冤的弃妇。主题大同小异，不是公子落难，就是才子见弃，幸好有"帮夫"的红颜知己出来相助，以身相许，然后选个悲剧结局悄然引退。公式化概念化的痕迹随处可见，文学成了发泄个人情感的公器，而且还是终南捷径，一篇小说只要得全国奖，户口问题、工作问题包括爱情问题，立马都能解决。当时有个特殊现象，无名作家作品一旦被《小说月报》转载，就会轰动。我认识一位老翻译家，五十岁出头，译过许多世界名著，国外邀请他讲学，介绍中国当代文学。偏偏他对当代创作一点不了解，那年头出国不容易，可怜他搞了一辈子外国文学，却没有迈出过国门一步，便随手揣一摞《小说月报》匆匆上飞机。这些《小说月报》还是我堂哥三午送的，并不全，逮着一本算一本。

高晓声显然也是沾了文学热的光，他回忆成功经验，认为自己抓住了农民最关心的问题。对于农民来说，重要的只有两件事，一是有地方住，二是能吃饱，所以他最初的两篇小说，《李顺大造屋》是盖房子，《漏斗户主》是讲一个人永远也吃不饱。一段时间内，高晓声很乐意成为农民的代言人，记得他不止一次感慨，说我们家那台二十寸的日立彩电，相当于农民盖三间房子。父亲并不知道农村盖房子究竟要多少钱，不过当时一台彩电的价格，差不多是一个普通工人十年工资，因此也有些惶恐，怀疑自己过日子是否太奢侈。高晓声经常来蹭饭，高谈阔论，我们家保姆总在背后抱怨，嫌他不干净，嫌他把烟灰弹得到处都是。一来就要喝酒，一喝酒就要添菜，我常常提着饭夹去馆子炒菜，去小店买烟买酒。高晓声很快红了，红得发紫，红得连保姆也不相信，一个如此灰头土脸的人，怎么突然成了人物。

高晓声提起农民的生存状态就有些生气，觉得国家对不起农民。他自己作报告的时候，农民的苦难是重要话题。也许是从近处观察的缘故，我在一开始就注意到，高晓声反复提到农民的时候，并不愿意别人把他当作农民。他可能会自称农民作家，但是，我可以肯定，他并不真心喜欢别人称他为农民作家。农民代言人自有代言人的拖累，有一次，在常州的一家宾馆，晚上突然冒出来一个青年，愣头愣脑地非要和高晓声谈文学。高晓声刚喝过酒，满脸通红，头脑却还清醒，说你不要逼我好不好，我今天有朋友在，是大老远从外地来的，有什么话以后再说行不行。那青年顿时生气了，说你看不起我们农民，你还口口声声说自己是农民，你现在根本不是农民了。高晓声像哄小孩一样哄他，甚至上前搂他，想安慰他，但是那年轻人很愤怒，甩手而去。高晓声为此感到很失落，他对在一旁感到吃惊的我叹了口恶气，说了一句很不好听的话。我知道对有些人，高晓声一直保持着克制态度，他不想伤害他们，但是心里明白，在广大的农村，很有这样一些人，把文学当作改变境遇的跳板，他们以高晓声的成功为样板，为追求目标，谈到文学，不是热爱，而是要利用。我知道高晓声内心深处，根本就不喜欢这些人。

这样的人，当然不仅农村才有，也不仅过去才有。仔细琢磨高晓声的小说，不难发现，他作品中为农民说的好话，远不如说农民的坏话多。农民的代言人开始拆自己的台，从陈奂生开始，农民成了讥笑对象。当然，这农民是打了引号的，因为农民其实就是人民，就是我们自己。中国知识阶级总处于尴尬之中，在对农民的态度上，嘴上说与实际做，明显是两种不同的思维定式。换句话说，我们始终态度暧昧，一方面，农民被充分理想化了，缺点被视而不见，农民的淳朴被当作讴歌对象，另一方面，又把农民魔鬼化了，谁也不愿意去当农民。结果人生所做的一切努力，好像都是为了实现不再做农民这个理想，甚至为农民说话，也难免项庄起舞，意在沛公。

父亲一直遗憾没有以最快速度，将汪曾祺的《异秉》发表在《雨花》上。记得当时不断听到父亲和高晓声议论，说这篇小说写得如何好。未能即时发表的原因很复杂，结果汪另一篇小说《受戒》在《北京文学》上抢了先手。从写作时间看，《异秉》在前，《受戒》在后。以发表时间而论，《受戒》在前，《异秉》在后。

汪曾祺后来大受欢迎，和伤痕文学、问题小说"倒胃口"有关。当时，除了汪的《异秉》，还有北岛的《旋律》，这些小说是我交给父亲的，他看了觉得不错，也想发表在《雨花》杂志上。根据行情，这些小说并不适合作为重点推出。大家更习惯所谓思想性，编刊物的人已感到需要新鲜的东西来冲击一下，但是这仍然需要时间。对八十年代初期文学有兴趣的人，不妨去翻翻当时的刊物目录。那时候，汪曾祺的小说、林斤澜的小说显然不适合作头条文章。这两个人后来都获得全国短篇小说奖，只要看获奖名单的排名，就知道不过是个陪衬。我记得有人说过，汪曾祺和林斤澜只是副榜，有名气的作家早拿过好几次了，既然大家私下里叫好，就让他们也轮到一次。

和高晓声迅速走红不同，汪曾祺的小说有个明显的慢热过程。高晓声连续获得两届全国奖，而且排名很靠前，一举成名天下知。汪曾祺却是先折服了作家同行，在圈子里获得越来越多的认同叫好，然后稳扎稳打，逐渐大红大紫。客观地说，在八十年代初期，高晓声名气大，到八十年代中后期，汪曾祺声望高。这两个人在八十年代不期相遇，难免棋逢对手，英雄相惜。高晓声一度对汪的评价极高，在我的印象中，绝对是汪成名之前，有一次高晓声甚至对我说，汪的小说代表了国际水平。正是因为他强烈推荐，《异秉》还是在手稿期间，我就看了好几遍。

高晓声一直得意《陈奂生转业》中的一个细节，小说中县委书记问寒问暖，把自己的帽子送给了陈奂生，说帽子太大，他戴着把眼睛都遮住了。这顶帽子显然有乌纱帽的意思，县太爷戴着嫌大，放在农民的头上却正好。熟悉高的都知道，他有"阴世的秀才"之美称，是个促狭鬼。"陈奂生"是高晓声笔下的一个重要人物，出现在多篇小说中，要比李顺大更有血有肉，而"帽子"恰恰是塑造这个人物的重要道具。在一开始，陈奂生有顶帽子叫"漏斗户主"，这是他的绰号，然后日子好起来，手里有了些闲钱，便想到进城买顶"帽子"，因此演绎了"进城"故事，再获全国小说奖，然后不安分地"转业"，竟然要做生意了，莽莽撞撞走县委书记的门路，居然堂而皇之地戴上了县太爷的"帽子"。高晓声经常在这种小聪明上下功夫，也就是说经常嵌些小骨头。我觉得汪曾祺对高晓声的赞许，也在这一点上，他说高有时候喜欢用方言，自说自话，不管别人懂不懂，不管别人能不能看下去。汪的意思是他反正明白，知道高小说中藏有骨头，那骨头就是所谓促狭。

曾经有两次，和汪曾祺谈得好好的，突然就中止了。我一直引以为憾，后悔自己没有找机会，把没说完的话谈透。一次是九十年代，父亲已经过世，他来南京开会，在夫子庙状元楼的电梯里，很认真地对我说："你父亲的散文，我都看了，很干净，没有一个多余的字……"因为是会议开幕前夕，他刚说完，电梯已到达，门外有人在招呼我们。汪曾祺意犹未尽，被一个小姐带走了。我很遗憾话刚开始就中断，匆匆开始，又匆匆结束。我知道后面还有话要说，他的表情很严肃，并不像一般的敷衍。作为长辈，他很可能要借父亲那本薄薄的散文集说些什么。也许他觉得父亲不应该写那么少，也许他觉得我写得太多了，总之，提到父亲的时候，他眼睛里充满了悲哀。

还有一次是八十年代的扬州街头，当时父亲也在场，还有上海的黄裳先生，我们一起吃早餐，站在一家小铺子前等候三丁包子。别人都坐了下来，只有我和汪曾祺站在热气腾腾的蒸笼屉子前等候。我突然谈起了自己对他小说的看法，说别人都说他的小说像沈从文，可是我读着，更能读出废名小说的味道。他听了我的话，颇有些吃惊，含糊其词地哼了一声，然后就沉默了，脸上明显有些不高兴。我当时年轻气盛，刚走出大学校门，虽然意识到他不高兴了，仍然具体地比较着废名和沈从文的异同，说沈从文的句式像《水经注》，而废名却有些像明朝的竟陵派，然后捉贼追赃，进一步地说出汪曾祺如何像废名。蒸笼屉子里的三丁包子迟迟不出来，我口无遮拦地继续说着，说着说着，汪曾祺终于开口了："你说的也有一定道理，然而——"他显然已想好该怎么对我说，偏偏这时候，三丁包子好了，他刚要长篇大论，我们交牌子的交牌子，拿三丁包的拿三丁包，话题就此再也没有继续。

我自己也成为作家以后，才知道汪曾祺当时为什么不高兴。

一个作家未必愿意别人说他像谁，像并不是个好的赞美词，作家永远独一无二的好。汪曾祺喜欢说他与沈从文的关系，西南联大时期，汪是沈从文的学生，在写作上曾接受过指导。八十年代也是沈从文热兴起的时候，沈门嫡传是一块金字招牌，汪曾祺心气很高，显然不屑于以此作为自己的包装材料。平心而论，汪小说中努力想摆脱的，恰恰是老师沈从文的某种影响。在语言上，汪曾祺显得更精致，更峭拔，更险峻，更喜欢使才，这种趋向毫无疑问地接近了废名。"为人性僻耽佳句，语不惊人死不休"，鲁迅先生谈起废名时，曾说他有一种"着意低徊，顾影自怜"的情结，汪曾祺也提到过废名的这种自恋，而且是以一种批评态度。废名的名声远不及沈从文，汪谈到一些文学现象，为了让读者更容易明白，在习惯上，提到更多的还是沈从文，因为熟悉程度上来看，毕竟自己老师更近一点。事实上，说他像沈从文听了都不一定高兴，说他像不如沈从文的废名，当然更不高兴。

高晓声成名后，闹过很多笑话，譬如用小车去买煤球，结果撞了一个老太太。他赔了几十元钱，为此很有些怨言，我笑他自找，煤和霉同音，在八十年代初，很大的官才有小车坐，如此奢侈，报应也在情理之中。那时候，北岛在《新观察》做编辑，有一次来南京找高晓声组稿，用开玩笑的口气问我，听说高写了一篇海明威式的小说，是不是真有其事。我告诉北岛，高不止写了一篇这样的小说，而是断断续续写了一批，《鱼钓》《山中》《钱包》，以及后来的《飞磨》，所谓"海明威式的"说法并不准确，应该说是带一些现代派意味。

高晓声一度很喜欢与我聊天，觉得我最能懂他的话，最能明白他的思想，而且愿意听他唠叨。一九八四年年初，江南下了一场罕见的大雪，我们去了江阴，躲在一家宾馆里，足足聊了两天两夜。电网遭到破坏，结果我们用掉了许多红蜡烛。秉烛夜谈的情景让人难忘，那时候，已经五十好几的高正陷入一场意外的爱情之中，谈到忘形之际，竟然很矫情地对我说，现在他最喜欢两个研究生，一个是我，另一个当然是与爱情有关了。那是我印象中，高晓声心态最年轻的时候。

忘不了的一个话题，是高晓声一直认为自己即使不写小说，仍然会非常出色。毫无疑问，高晓声是个绝顶聪明的人，如果认真研究他的小说，不难发现埋藏在小说中的智慧。机会属于有准备的人，从一九五七年被打成"右派"，到二十年后复出文坛，他从来没有放弃努力。在"探求者"诸人中，高晓声的学历最高，字也写得最好。他曾在上海的某个大学学过经济，对生物情有独钟，虽然历经艰辛，自信心从来没有打过折扣。落难期间，他研制过"九二〇"，并且大获成功，这玩意究竟是农药，还是生物化肥，我至今仍然不明白。高晓声培育过黑木耳和白木耳，据说有很多独到之处，经他指导的几个人后来都发了大财。

我不知道高晓声有没有对别人表达过这种观点，那就是文学虽然给他带来了巨大荣誉，可是他一直相信，自己如果不写小说可能会更好。在八十年代，随着改革大潮的深入，他似乎看到了更多的发财机会，然而，他的年纪和已经获得的文学功名，已经不允许他再去冒险。在很多人的印象中，高晓声只是一个写农民的乡土作家，是个土老帽，可是大家并不知道，他身上充分集中了苏南人的精明，正是利用这种精明，他轻易敲开了文坛紧闭的大门。关于高晓声的成功秘诀，总能听到两个简单化的推论，那就是他被打成了"右派"，是苦难成全了他，另外，他熟悉农民，因为熟悉，所以就能写好。

很显然，高晓声不会真心赞同这种简单观点。某种特定的场合，他或许会这么说，然而只是权宜之计，是蒙那些玩文学评论的书呆子，他知道这绝不是事情的真相。同时具备两个条件的大有人在，为什么偏偏高晓声出人头地。写作作为一种专业，自然应该有它的独特性。首先，是写作这种最具体的劳动行为，让作家成为作家。作家如果不写，就什么都不是，千万不要避重就轻，颠倒黑白。在被打成"右派"以前，高晓声就已经是个作家了，因此真实的答案，是一九五七年反右剥夺了一个作家的写作权利，不只是剥夺了高晓声，而且凋零了后来那一大批"重放的鲜花"。事实上，新时期文学的初级阶段，真正活跃在文坛上的，还是那些"文革"后期的笔杆子，这些人中既有初出茅庐的新手，也有重现江湖的旧人。时过境迁，那些充满时代痕迹的文字，都是很好的文学史料，譬如方之，早在七十年代初期，就孜孜不倦地写过一部关于赤脚医生的小说《神草》。

把写作形容为一种手艺似乎有些不大恭敬，然而它确实是真相的一部分。通常认为粉碎"四人帮"前后的小说泾渭分明，是完全不同质的文学现象，却很少有人去注意它们的一脉相承。其实"文革"腔调并不是一刀就能斩断，在前期那些伤痕文学、问题小说中，"文革"遗韵历历可数随处能见。高晓声的精明之处，在于他一眼就看透了把戏。换句话说，在一开始，文学并不是什么文学，或者不仅仅是文学。文学轰动往往是因为附加了别的东西，高晓声反复强调自己最关心农民的生存状态，关心农民的房子，关心农民能否吃饱，这种关心建立在一种信念之上，就是文学作为一种工具，可以用来做一些事情。"利用小说进行反党"

是"文革"中作家们很重要的一个罪名，"文革"已经结束了，人们仍然相信通过小说能改变民间的疾苦。

成也萧何，败也萧何。高晓声身上贴着农民作家的标签，俨然是农民利益的代言人，但是他早就在思索究竟什么是文学这个问题。连续两次获得全国短篇小说奖，在当时是非常骄人的成就，面对摄像镜头的采访，在回答为什么要写作的提问时，高晓声嘿嘿笑了两声，带着很严重的常州腔说："写小说是很好玩的事。"那时候电视采访还很新鲜，我母亲看了电视，既吃惊，又有些生气，说高晓声怎么可以这么说话。十年以后，王朔提到了"玩文学"这样的字眼，正义人士群起围剿，很多人像我母亲一样吃惊和生气。高晓声可不是个油腔滑调的人，他知道如何面对大众，绝不会用一句并非发自心腑的话来哗众取宠。

恰好我手头还保留着一九八〇年的日记，在十二月六日这天，记录我和高晓声的谈话：

> "我后悔一件事，《钱包》《山中》《鱼钓》这三篇没有一篇能得奖。"
>
> "是呵，《陈奂生》影响太大了，"我说，"我看见学校的同学在写评选单的时候，都写它。"

"唉，可惜。"他叹气。

"陈影响比较大。"

"是的，陈是雅俗共赏的，大家都接受。"

"但愿上面（评奖组）会换一下。"

"不会的。"

如果不是记录在案，真不敢相信当时会有这样的文字，而且是小说体。有一点我永远也忘不了，这就是高晓声对自己的这些现代派小说自视甚高，在十二月十四日的日记中，有这么一段记录他的话：

"《山中》是我最花气力的一篇小说，一个字，一段，都不是随便写出来的。"

我告诉他，《山中》以及同类题材三篇反应不好，有人看不懂。

他只是抽烟，临了，拧灭："一句话，我搞艺术，不是搞群众运动。"

......

"我的作品，要是有个权威出来说话，就好了。"

我说："光权威还不足，有更厉害的。"

"谁？"

"洋鬼子。"

他笑了。

"真的，你不要笑。现在最怕的就是洋鬼子，假如有个外国人站出来，说高晓声的作品如何，再和一个什么时髦的流派不谋而合。于是，你就要轰动了。"

他信服地点点头。

"像把《钱包》翻译出去，就是件好事。"

"对的，外国人他们是识货的。"

"当然，不能光译文，最好是那些精通汉文的文学家，他们对中国社会了解，感受深，感觉也准确。"

"就是呀，要不然，我的语言他们理解不了。"

那个时候，和高晓声之间有很多这样的对话，我只是觉得好玩，随手记了下来。当然有些属于隐私，不便公布。我不过想说明一点，当高晓声被评论界封为农民代言人的时候，身为农民作家的他想得更多的其实是艺术问题。小说艺术有它的自身特点，有它的发展规律，高晓声的绝顶聪明，在于完全明白群众运动会给作家带来好处，而且理所当然享受了这种好处。但是，小说艺术不等于群众运动。在当时，高晓声是不多的几位真正强调艺术的作家之一，他的种种探索，一开始处于被忽视的地位，即使在今天提起的人也不多。我们谈起大陆的现代派运动，往往愿意偷懒，一步到位，从八十年代中期开始说起，张口就是新潮小说或者先锋小说。其实早在八十年代初期，有思想的作家就蠢蠢欲动，值得指出的是，大陆的现代派最初更热衷的是形式，这集中体现在那些尚未成名的青年作家身上，中年作家通常不屑这些时髦玩意，王蒙小说中有些意识流已难能可贵，像高晓声那样在小说中描写人的普遍处境，极力在内容上下功夫，用北岛的话来说写出了"海明威式"的小说的，简直就是凤毛麟角。

对汪曾祺的叫好，充分反映了文坛的一种期待。高晓声动用了"国际水平"这样的大词，说明他在汪的小说中，看到了自己等待已久的东西。如果说，高晓声还在试图寻找艺术，还在琢磨如何做好艺术这道大菜，汪曾祺横空出世，很随意地将美味佳肴端到了读者面前。

汪曾祺的小说，很像一场不流血的革命。悄悄地来了，悄悄地有些反响。它不像意识流小说那么时髦，那么张扬，那么自以为是。新时期初期小说中的现代派，更多的是外在，表面上做文章，不加标点符号，冒冒失失来上一大段，然后便宣称已把意识像水的那种感觉写出来了。意识流更像是一场矫情做作的形式革命，根本到达不了文学的心灵深处，在一开始就老掉牙，它的特殊意义，不过是往保守的传统叙述方式中，扔了几颗手榴弹。

如果汪曾祺的小说一下子就火爆起来，结局完全会是另外一种模样。具有逆反心理的年轻人，不会轻易将一个年龄已不小的老作家引以为同志。好在一段时间里，汪曾祺并不属于主流文学，他显然是个另类，是个荡漾着青春气息的老顽童，虽然和年轻人的方式完全不一样，然而在不屑主流这一点上产生共鸣。文坛非常世故，一方面，它保守，霸道，排斥异己，甚至庸俗，另一方面，它也会见风使舵，随机应变，经常吸收一些新鲜血液，通过招安和改编重塑自己形象。毫无疑问，汪曾祺很快得到了年轻人的喜爱，而且这种喜爱可以用热爱来形容。在八十年代中后期，他的声名与日俱增，地位越来越高，远远超过了高晓声。

一九八六年暮春，我的研究生论文已经做完，百无聊赖。一个偶然契机，为一家出版社去北京组稿，出版社的领导相信，我的特殊身份会比别人更容易得到名家稿件。这颇有些像今天的学生打工，当时并没有任何报酬，只是报销了差旅费。我第一次到北京不住在自己家，因为还有一个研究生同学与我同行，而且几乎整天骑自行车在外面跑。通过分配在北京的大学本科同学，我们住在外交部招待所，之所以要提一句，是因为它前身是著名的六国饭店，虽然破烂不堪，一个房间住六个人，但当年的豪华气派隐约还在。短短的几天里，收获颇丰，我们走马观花，接连拜见了许多名家，其中就包括汪曾祺。

从六国饭店去拜见汪曾祺，仅仅从字面上看，仿佛在说一个民国年间的古老故事。事实上，当时的商业大潮已如火如荼，北京已开始像个大工地。我们骑着两辆又破又旧的自行车，风尘仆仆到了蒲黄榆路，见了汪曾祺以后，称呼什么已记不清，对于父辈的人，我一向伯伯叔叔乱叫。事先林斤澜已打过招呼，汪曾祺知道我们要去，因此没有任何意外，只是问我们从哪里来，怎么来的，问父亲的情况，问祖父的情况。我们冒冒失失地组稿，胡乱约稿，长篇短篇散文，什么都要。汪笑着说他写不了长篇，然后就闲扯起来。

那一年我已经快三十岁，做过四年工人，读了七年大学，当过一年大学教师，社会经验严重不足。我只是一个业余的编辑，初出茅庐，对文坛充满好奇。汪曾祺住在一套很普通的房子里，不大，简陋，记忆最深的是卫生间，没有热水器，只有一个土制的吸热式淋浴器，这玩意现在根本见不到。很难想象自己心目中的一个优秀作家，就生活在这样的环境里，房子仍然还有几成新，说明在这之前的居住环境可能更糟糕。我记得林斤澜几次说过，汪曾祺为人很有名士气，名士气的另一种说法，就是不随和。我伯父也谈过对汪的印象，说他这人有些让人捉摸不透，某些应该敷衍应酬的场合，坚决不敷衍应酬，关键的时候会一声不吭。说老实话，我的这位伯父也不是个随和的人，他眼里的汪曾祺竟然这样，很能说明问题。

在父辈作家中，汪曾祺是最有仙气的一个人。他的才华出众，很少能有与之匹敌的对手。父亲在同龄人中也算出类拔萃，但是因为比汪小六岁，文化积累就完全不一样。虽然都被打成"右派"，虽然都长期在剧团里从事编剧工作，汪的水平要高出许多。很重要的一个原因，是汪在抗战前，基本完成了中学教育，而父亲刚刚读完小学。童子功不一样，结果也就不一样。和汪曾祺接触过的人，应该都有这样的体会，那就是他确实有本钱做名士。名士通常是学不来的，没有才气而冒充名士，充其量也就是领导干部混个博士学位，或者假洋鬼子出国留一趟学。汪曾祺和高晓声有一个共同点，都是大器晚成。苦心修炼而得道，不鸣则已，一鸣惊人。高晓声出山的时候，已经五十岁，汪曾祺更晚，差不多快六十岁。

在我的印象中，并没有见到多少汪曾祺的不随和。只有一次，参观一个水利枢纽展览，一位领导同志亲自主讲，天花乱坠地作起报告来，从头到尾，汪曾祺都没有正眼瞧那人一眼。这给我留下了非常深刻的印象，以后遇到类似的场合，忍不住便想模仿。我们已经习惯忍受毫无内容的报告，习惯了空洞，习惯了大话，习惯了不是人话。仅仅一次亲眼看见已经足够了，窥一斑而知全豹，这正是我在现实生活中所期待的，而在此前，文人的名士气通常只能在书本上见到，我成长的那个年代里，文人总是夹着尾巴做人，清高被看成一个很不好的词，其实，文人不清高还做什么文人。

还有一次是在林斤澜家，父亲去北京，要看望老朋友，一定会有他。那次是林斤澜做东，让我们父子过去喝酒，附带也把汪曾祺喊去了。林和汪的交情非同一般，只有他才能让汪随喊随到。开了一瓶好酒，准备了各色下酒菜，在客厅的大茶几上摆开阵势，我年龄最轻，却最不能喝，汪因此笑我有辱家风。这时候已是一九八九年的秋天，汪曾祺自己的酒量也不怎么行了，父亲也不能喝，真正豪饮的只有林斤澜。我吃不准这是不是父亲最后一次与林与汪在一起，好像就是，因为自从前一年祖父过世，这是父亲最后一次去北京。这样的聚会实在太值得纪念，记得那天说了许多之前发生的事情，汪和林都有些激动，有些感叹，也有些愤怒。后来话题才转开，印象中的汪曾祺，不仅有名士气，而且是非分明，感情饱满。

记忆中，更多的是汪曾祺的随和。那一年在扬州，我作为具体办事人，竟然安排他住了一间没有卫生间的房间。这种疏忽如今说起来，真是不应该原谅，应该狠狠地打屁股。让已经高龄的汪半夜三更起来上公共厕所，只有我这种刚出大学门的书呆子才能做出来，事实上，我根本就没想到上厕所的问题。当时完全是为了搞情调，好端端的酒店不去住，却住到了小盘谷公园，这里风景如画，于是便忽视了它的设施太落后。这是我一直后悔的一件事，虽然汪从来没有过怨言，而且夸奖我比他年轻时办事能力强，但是我不得不承认自己确实不像话。说起来真惭愧，当时我身上带着一笔公款，因为稀里糊涂，这笔公款竟然几次差点丢掉，一次丢在包租的面包车上，还有一次更悬乎，人都上了去镇江的渡轮，突然想到搁钱的黑皮包还丢在参观的地方。

我的糊涂一定也给汪留下了印象，到后来，每次出发转移，他都笑着问我，钱是否带着或保管好了。我父亲已是有名的糊涂人，事实证明他的公子更糟糕。那时候，还没有一百元的钞票，也不过是几千块钱，害得我成天丢魂落魄。前后大约有半个月，江南江北访古寻幽，就我一个莽撞的年轻人，冒冒失失地领着几位老先生东奔西跑，这种荒唐事今天想起来根本就不可能发生。除了应该到的名胜之外，我们还去了一些很容易被忽视的地点，在扬州，去隋炀帝陵，在常州，去黄仲则的两当轩，参观一间东倒西歪旧房子，去赵翼故居，拜谒一个破败的楠木大厅，还去了正在筹备的恽南田故居，汪在那写诗作画，泼墨挥毫技惊四座。

高晓声和汪曾祺都是我敬重的前辈，是我文学上的引路人。八十年代的大多数时间，我在大学里苦读，不断地写些东西，对自己的未来一直没什么明确目的。是高晓声和汪曾祺这样的作家，活生生地影响了我，让我跃跃欲试，但是也正是他们，让我对是否应该去当作家产生怀疑。按照我的看法，高和汪能成为优秀作家，都是因为具备了特殊素质，他们都是有异秉的人，高晓声绝顶聪明，汪曾祺才华横溢，而我恰恰在这两方面都严重不足。

我忘不了高晓声告诉的一些小经验，他告诫我写文章，千万不能走气，说废话没有关系，但是不要一路走题，写文章是用气筒打气，要不停地加压，走题仿佛轮胎上戳了些小孔，这样的文章看上去永远瘪塌塌的，没有一点精神，而文章与人一样，靠的就是精神。高晓声还教会我如何面对寂寞，很长时间，我陷入深深的苦闷之中，写的小说一篇也发表不了，他却认为这是好事，说你只要能够坚持，一旦成功，抽屉里的积稿便会一抢而空。对于小说应该怎么写，高晓声对我的指导，甚至比父亲的教诲还多。同样，虽然没有接受过汪曾祺的具体辅导，但汪文字中洋溢的那种特殊才华，那种惊世骇俗的奇异之气，一度成为我刻意的学习样板。我对汪曾祺的文体走火入魔，曾经仔细揣摩，反复钻研，作为他的私淑弟子，我至今仍然认为《异秉》是汪曾祺最好的小说。

毫无疑问，这是两位应该入史的重量级人物。评价他们的文学地位，不是我能做的事情，是非自有公论。我不过坐井观天，胡乱说说高晓声的聪明和汪曾祺的才华。进入九十年代，我一直在想，为什么我敬重的这两位作家，都不约而同越写越少。很显然，写作这工作，在高和汪看来，都不是什么难事。高晓声不止一次告诉我，事实上，他一年只要写两三个月就足够了。对于高晓声来说，写什么和怎么写，他都能比别人先一步想到。他毕竟太聪明了，料事如神，似乎早就预料到文学热会来，也会很快地过去，在热烈的时候，他是弄潮儿，在冷下去的时候，他便成了旁观者。在七十年代末八十年代初，高晓声每年写一本书，到八十年代和九十年代，几年也完成不了一部作品。

年龄显然是个很好的借口，然而肯定不是唯一的托词。这两个人出山的时候，年龄都已经不小了。有时候，我会自以为是，不知天高地厚地做假设，会不会物极必反，这两个人的聪明和才华，最后不幸都成了反动的东西。譬如高晓声，他敏锐地意识到，既然是搞文学，就要把它当作艺术来搞，就要有探索，有试验，然而这种探索和试验，由于脱离群众，注定是不会被叫好的，对于一个成名的作家来说，不被叫好将是一件很难忍受的事情。高的聪明是不是表现在他清醒地意识到，既然不被叫好，还写它干什么。因为聪明，所以看透了文学的把戏。在高的晚年，已经看不到什么写作激情，而在汪曾祺后来的文章中，同样也看不到激情，汪刚出山时的那种喷薄之势，那种拔剑四顾无对手的气概，说没有就没有了。

有时候，过分的尊敬是否也会成为一种伤害。我们给知识分子的似乎只有两种选择，不是捧上天堂，就是打入地狱。进入八十年代，作家地位有个短暂而急剧的上升过程，因为上升太快，后来的作家便会有些不服气的委屈。从一个小细节上也可以看到这种变化。譬如父亲最初称呼汪曾祺，一直叫他老汪，然而到后来，不知不觉地便改口了，改成了"汪老"。我记得邵燕祥在文章中好像也提到过，他也是不明白自己怎么就改了称呼。毫无疑问，这里面很大的原因是出于尊重。我想汪曾祺自己未必会喜欢这样，他可能会觉得很意外，觉得生分，当然也可能根本就没有意识到。然而，即使是没有意识到的问题，仍然会成为问题。在后来的写作中，汪曾祺似乎总是有太多的才华要表现，表现才华最后演变为挥霍才华，结果才华仅仅也就是才华，既是手段，又是目的。

举个不恰当的例子，新时期文学开始阶段，文学质量虽然粗糙，却很像历史上的初唐，是个生机勃勃的时代，孕育着大量机会。高晓声和汪曾祺能够复出文坛，叱咤风云，显然与时代有关，早不行，晚也不行。高晓声曾经特别喜欢重复一个段子，说有四个人要过河，被摆渡人蛮横地拦住了，要他们拿出自己最宝贵的东西来，否则就留下来。四个人分别是有钱人，大力士，做官的，作家。有钱的用钱开路，大力士亮了亮拳头，做官的说我给你换个更舒服的工作，作家无计可施，便说我唱首歌吧。唱完了，摆渡人说你的歌难听死了，还不如做官的说得好听，于是把他扔在了河边。天渐渐黑了，作家又冷又饿，想到家中的妻儿，不禁仰天长叹，说自己平生又没有作过孽，为什么没有路可以走。这一声长叹让摆渡人听见了，说这才是你最宝贵的东西，比刚才唱得好听，我送你过河吧。高晓声想说的是，作家就应该有这种发自内心的感叹，而且他进一步发挥这个故事，说摆渡人在做官的照顾下，改行了，作家便当起了摆渡人，因为他突然明白自己的工作性质和摆渡人是一样的。

高晓声在晚年根本不愿意对我谈起什么写作。他已经变得不屑与我说这些。他的心思都用到别的事情上，像候鸟一样飞来飞去。作为小辈，对他的私事我不应该多说，只是感叹他晚年的生活太不安定，安定又是一个作家所必需的。作家通过写作思考，不写作，就谈不上思考。有一天，他突然出现在我面前，说今天在你这吃饭，有什么吃什么。那时候父亲已经过世了，他好像真的只是来吃饭，喝了些酒，夸我妻子烧的菜好吃，尤其喜欢新上市的蚕豆。我们没有谈文学，没有谈父亲，甚至都没有谈自己，谈了些什么，我根本记不清楚。妻子连忙又去菜场，专门烧了一大碗蚕豆让他带走。他就这么匆匆来，匆匆去，机关的车送他来，然后又是机关的车送他去。晚年的高晓声可以有很多话题，他开始练书法，练自己发明的气功，不断地有些爱情故事，可惜都与文学没什么关系。

我一直不明白的是，好端端一个中国当代文坛，为什么很快从初唐，进入了暮气沉沉的晚唐，没有盛唐，甚至没有中唐。从王杨卢骆的欣欣向荣，一下子到了李商隐和杜牧的年代，这种太快的过渡，让人匪夷所思，让人目瞪口呆。我忘不了汪曾祺讲述的"文革"中被接见的故事。他叙述的时候，先是平静，继而苦笑，最后忍不住感叹。这是他一生最戏剧性的一幕，后来，他用典型的汪氏简洁文笔，将这段故事写下来寄给我，如果说我不长的编辑生涯中，还编过一些好稿子，这篇文章应该名列榜首。二〇〇〇年初冬，汪曾祺的老家为他为纪念馆征集留言，我写了几句话：

> 汪先生的才华举世公认，即使"文革"那样的背景，也出类拔萃。假如没有被打成"右派"，没有"文化大革命"，没有政治运动，汪先生一定会取得更大成就。好在历史终于给他最后机会，汪先生丰富了新时期文学，影响了一代作家。求仁得仁，这是人间的第一等快事。功遂身谢，名由实美，汪先生仰首伸眉，笑傲文坛顾盼自雄。

写了这段文字以后，我知道自己以后一定还会再写些什么。

早在一九四六年，接受记者采访的时候，沈从文先生很有激情地说起当时最好的青年作家，就是刚在《文艺复兴》上发表小说的汪曾祺。到"文化大革命"中的一九七二年，沈先生给巴金夫人萧珊写信，又描述了汪曾祺当时的形象，说他现在已成了名人，头发也开始花白，"初步见出发福的首长样子，我已不易认识"，这"不易"两个字很耐咀嚼，然后笔锋一转，说"后来看到腰边的帆布挎包，才觉悟不是首长"。生姜自然是老的辣，沈先生是什么人，笔落惊风雨，诗成泣鬼神。

到"文化大革命"结束的时候，巴金老了，沈从文老了，写小说已没有那个精力。待从头，收拾旧河山的光荣任务，天降大任落到汪曾祺和高晓声这一代人身上。一个人真没有机会，呼天天不应，求地地不听，但是机会一旦出现，就只能属于有充分准备的人。聪明过人的高晓声登场了，才华过人的汪曾祺也登场了。当我们仰天长叹，对剥夺巴金和沈从文写作权利的那个时代，表示切齿痛恨之际，不得不庆幸后面一代人的运气太好，他们苦尽甘来，终于在最后抓住机遇。

今人不见古时月，今月曾经照古人。凡是读过《异秉》的人，都免不了去想，去思索，琢磨小说中王二的"异秉"究竟在什么地方。汪曾祺借王二之口，幽了一默，说他的奇异之处，只是"大小解分清"。什么叫大小解分清，王二进一步解释说：

> 我解手时，总是先解小手，后解大手。

这是王二随手扔的一块香蕉皮，顿时很多人中计，滑了一个大跟头，小说结尾时，厕所里已人满为患，大家都去抢占茅坑，研究自己是否有"异秉"。我喋喋不休提起《异秉》，喜欢这篇小说之外，更觉得可以用它说事。无论是高晓声的聪明，还是汪曾祺的才华，都十分难得，这些东西本身就是异秉，是镜中花，是水底月，无迹可寻，可遇不可求。后人如果不明白，希望通过模仿，学些聪明和才华的皮毛，驾轻车走熟路，野心勃勃到文坛上去闯荡，去捞些什么，注定只能铩羽而归。高晓声和汪曾祺获得了应有地位，后来作家如果不能从他们的树荫中走出来，不另辟蹊径，不披肝沥胆，文学的前景就没什么乐观。换句话说，当代文学如果不够繁华，是否与太多的聪明和才华有关。

二〇〇三年一月二日　河西

万事翻覆如浮云

一

　　父亲在北方有许多朋友，每次去北京，最想看望的是林斤澜伯伯。我们父子一起去京的机会不多，在南京聊天，父亲总说下次去北京，带你一起去看你林伯伯。忘不了有一次，父亲真带我去了，我们站在一片高楼前发怔，北京的变化实在太大，转眼之间，新楼房像竹笋似的到处冒出来。一向糊涂的父亲，一下子犹豫起来，就跟猜谜似的，他完全是凭着感觉，武断地说应该是那一栋，结果真的就是那一栋。

　　我忘不了父亲找到林伯伯家大门时的那种激动心情。他孩子气地叫着"老林"，一声接着一声，害得整个楼道里的人都把头伸了出来。我也忘不了林伯伯的喜出望外，得意忘形，乐呵呵地迎了过来。两个有童心的老人，突然之间都成了小孩。友谊是个很珍贵的东西，杜甫在《奉简高三十五使君》中曾写道："行色秋将晚，交情老更亲。"父亲那一辈的人，并不是都把朋友看得很重，这年头，名利之心实在太重，只有淡泊的老人，才会真正享受到友谊的乐趣。

父亲过世后，林伯伯在很短的时间里，写了两篇纪念文章。仅仅是这一件事，就足以说明他和父亲的私交有多深。在贵州，一次和当地文学爱好者的对话会上，我紧挨着林伯伯坐在主席台上，林伯伯突然小声地对我说，他想起了我父亲，想起了他们当年坐在一起的情景。此情此景，物是人非，我的心猛地抽紧了一下，一时真不知说什么好。相逢方一笑，相送还成泣，我想父亲地下若有知，他也会和林伯伯一样，是绝对忘不了老朋友的。

林伯伯比我父亲大两岁，他长得相貌堂堂，当作家真有些可惜。女作家赵玫女士评价说，他的五官有一半像赵丹，有一半像孙道临。准确地说，应该是赵丹、孙道临这些大明星长得像林伯伯。林伯伯已经七十多岁了，可年轻人的眼睛也没有他的亮。年轻一代的作家自然称林伯伯林老师，他们知道林伯伯和我们家的关系，跟我谈起来，总喜欢说你林伯伯怎么样。年轻人谈起老年人，未必个个都说好，但是我从没有听谁说过林伯伯的不是。年轻人眼里的林伯伯，永远是一个年轻的老作家。

还是在贵州，接待人员尽地主之谊，请我们吃当地的小吃。一人一大碗牛杂碎，林伯伯热乎乎地吃完了，兴犹未尽，又换了一家再吃羊杂碎，还跟柜台上的老板娘要了一碗劣酒，酒足饭饱，红着脸，从店铺里摇晃出来，笑我们这么年轻，就不能吃，就不爱吃。马齿虽长，童心犹在，老作家中的汪曾祺和陆文夫，都是有名的食客，食不厌精，脍不厌细，然而他们的缺点，是都没有林伯伯那样的好胃口。没有好胃口，便当不了真正的饕餮之徒。只有像林伯伯这样的童心，这样的好胃口，才能吃出天下万物的滋味。

父亲在世时，常说林伯伯的小说有些怪。怪，是对流行的反动。他不是写时文的高手，和众多制造时髦文章的写手混杂在一起，在林伯伯看来也许很无趣。道不同不相为谋。林伯伯写毛笔字，写的是篆书。他似乎从来就没有真正地大红大紫过。我刚开始写小说的时候，就听林伯伯说过，他和汪曾祺先生的小说都不适宜发头条。现在已有所改变，他和汪的小说屡屡上了头条，说明时文已经不太吃香，也说明只要耐着性子写，小水长流，则能穿石。出水再看两腿泥，文章小道，能由着自己的性情写下去，总能在历史上找到自己的位置。

二十多年前，高中毕业无事可干，我在北京待了将近一年，那段时间里，常常陪祖父去看他的老朋友，都是硕果仅存、名震一时的人物。后来又有幸认识了父亲一辈的作家，经过一九五七年反右和"文化大革命"的双重洗礼，这些人像出土文物一样驰骋文坛，笑傲江湖，成为当代文学的中坚。前辈的言传身教，让我得益匪浅。林伯伯曾戏言，说我父亲生长在"谈笑皆鸿儒"的环境里，我作为他的儿子，自然也跟着沾光。对于自己亲眼见过的前辈作家，有许多话可以侃，有许多掌故可以卖，然而林伯伯却是我开始写的第一位。

二

以上文字写于一九九六年的十二月，当时何镇邦先生在山东《时代文艺》上主持一个专栏，点名要我写一点关于林斤澜的文字。我一挥而就，并扬言这样的文章可以继续写下去，结果以后除了一篇《郴江幸自绕郴山》写了汪曾祺和高晓声，从此就没有下文。陆文夫过世的时候，很多报刊约写文章，我在追思会上也表示要写一篇，转眼又是好几年过去，文字却一个也没有，真有些说不过去。

大约是七十年代末，我正在大学读书，动不动逃学在家。有一天，父亲领了一大帮人来，其中早已熟悉的有高晓声和陆文夫，不熟悉的是北京的几位，有刘绍堂，有邓友梅，有刘真，印象中还有林斤澜。之所以要说印象中，是事情过了三十年，重写这段往事，我变得信心不足，记忆开始出现问题。或许只是印象中觉得应该有，本来还有人要一起过来。

多少年来，一直都觉得那天林斤澜在场，当我认认真真地要开始写这一段回忆文字时，突然变得谨慎起来。本来这事很简单，只要问问身边的人就行，可是过眼烟云，父亲离世已十七年，高晓声和陆文夫不在了，刘绍棠不在了，当事人林斤澜也走了，刘真去了澳大利亚，国内知道这事的只剩下邓友梅。当然，林斤澜在不在场并不重要，物以类聚人以群分，那年头的"右派"常有这样那样的聚会，而林却是混迹其中唯一不是"右派"的人。

林斤澜没当上"右派"几乎是件笑话，能够漏网实属幸运，他和"右派"们根本就是一丘之貉，也没少犯过错误，也没少受过迫害。一为文人，便无足观，想想一九四九年以后，改革开放之前，作家哪有什么好日子可过。林斤澜从来不是一个胆小怕事的人，把他和"右派"们放在一起说，没有一点问题，有时候他甚至比"右派"还右。上世纪九十年代初，我去北京开会，好像是青创会之类，反正很多人都去了，一时间很热闹很喧嚣，我打电话问候林斤澜，他很难得地用长辈口吻关照，说多事之秋，做人必须要有节操，要爱惜自己的羽毛，做人不一定要狂，但是应该狷的时候，还是得狷，不该说的话千万不要乱说。狂者进取，狷者有所不为也。我明白他说的那个意思，让他尽管放心，我本来就不喜欢在公众场合表态，更何况是说违心的话。

还是回到那天在我家的聚会上，之所以要想到这个十分热闹的场面，是因为这样的聚会属于父辈这一代人，只有劫后余生的他们才能分享。"右派"们改正错划后，行情看涨，开始扬眉吐气，一个个都神气活现，文坛上春风得意，官场上不断进取。记得那天话最多的是刘绍棠，然后就是邓友梅，说什么内容已记不清楚，不过是高谈而阔论，口无遮拦指天画地。北方人总是比南方人嗓门高一些，我念念不忘这事，是想不到在我们家客厅，竟然会一下子聚集了这么多文坛上的著名"右派"。说老实话，作为一个晚辈，我当时也没什么别的想法，也轮不到我插嘴，只是觉得很热闹，觉得他们一个个返老还童了，都太亢奋了。

二〇〇六年开"作代会"，在北京饭店大堂，林斤澜抓住了我的手，很难过地说："走了，都走了！"反反复复地念叨，就这一句话。眼泪从他眼角流出来，我知道他是指父辈那些老朋友，一看见我这个晚辈，就又想起了他们。终于平静下来，我不知道说什么好，他沉默了一会，又说："你爸爸走了，曾祺也走了，老高也走了，老陆也走了，唉，怎么都走了呢？"

我能感受到他深深的悲哀和无奈，林斤澜是最幸运的，与过世的老朋友相比，他最健康，心态最好，创作生命也维持得最持久，直到八十多岁，还能写。这时候，他八十三岁了，精神还不错，两眼仍然有神，可是走路已经缓慢，反应明显不如从前。这也是我最后一次跟他见面，今年四月，程绍国兄发信给我，告诉不好的消息：

> 兆言兄，林斤澜先生病危（全身浮肿，神志时清时不清），离大去之期不远矣。这是他五妹今早通知我的。悲恸。

第二天晚上，又来了一信，像电报一样，只有几个字：

> 林老下午去世。绍国。

我打开信箱，见到这封信，无限感慨，心里十分难过，傻坐了一会，回了一封短信：

> 刚从外面回来，刚看到，黯然销魂。无言。兆言

真不知道说什么才好，一九七九年四次"文代会"召开，据说有一个很感人的场面，就是大家起立，为过去年代遭迫害而过世的作家默哀。从此，文坛旧的一页翻了过去，新的一页打开。当时有一个流行词叫"新时期"，还有一个词叫"重放的鲜花"，这鲜花就是指父亲那辈人，那些在五十年代开始写作的作家们又重新活了过来。时过境迁，新的那一页也基本上翻了过去，重放的鲜花大都凋零，父辈的老人中虽然还有些幸存者，譬如邵燕祥，譬如李国文，譬如王蒙和邓友梅，还有张贤亮，还有江苏的梅汝恺和陈椿年，但是那个曾经让他们无限风光的时代，却已无可奈何地结束了。

三

"右派"改正错划以后，中文系的支部书记约我这个学生谈

话，说是在我的档案中，有一些父亲的材料，要当面销毁。我觉得很奇怪，说为什么要销毁呢，这玩意已存在了很多年。书记说销毁了，对你以后的前途就不再会有什么影响，这可是黑材料。我拒绝了书记的好意，认为它们既然未能阻止我上大学，那么也就阻止不了别的什么。

"右派"是从十八层地狱里爬出来的人，我实际上是直到"右派"改正错划，才知道父亲和他的那些朋友是"右派"。这些并不光彩的往事，他们一直都瞒着我，在此之前，我只见过韩叔叔陆叔叔。韩是方之，他姓韩，方之是笔名，陆就是陆文夫，他来过几次南京，是我应该称之为叔叔的父亲众多好朋友之一。在我的记忆中，"探求者"成员被打成"右派"后，互相往来很少。除了父亲和方之，他们都在南京，是标准的难兄难弟，根本顾不上避嫌疑，其他的人几乎断绝音讯，譬如高晓声，父亲就怀疑他是否还在人间。

和知道方之一样，我最早知道的陆文夫，既不是作家，也不是美食家。方之与陆文夫在"文革"中都下放苏北农村，粉碎"四人帮"后，分别回到南京和苏州，然后就蠢蠢欲动，开始大写小说，加上一直蛰伏在常州乡间的高晓声，他们很快名震文坛享誉全国。陆文夫是江苏第一个得全国短篇小说奖的人，也是获得各种奖项最多的一位。方之和高晓声紧随其后获得大奖，在八十年代文学热的大背景下，一时间，只要一提起江苏的"探求者"，人们立刻刮目相看。

陆文夫在"文革"后期有没有写过小说我不知道，反正方之和高晓声是努力地写了，在那个特定时期，他们的小说不可能写好，也不可能产生任何影响。"文革"后期开始文学创作，思想虽然不可能解放，最大的好处是可以提前预热，先活动活动手脚，俗话说一招鲜吃遍天。当然"右派"作家还有一个优势，早在五十年代已开始写作，有着很不错的基础，本来就是不错的写手，赶上新时期这个好日子，水到而渠成，大显身手独领风骚便在情理之中。显然，江苏作家中的陆文夫运气要好一些，一出手就拿了个奖，方之没那福分，他的《在阁楼上》与陆文夫的《献身》发表在同一年的《人民文学》上，同样是重头稿，而且还要早一期，也有影响，却只能看着《献身》得奖。

说到文学风格，方之自称为"辛辣现实主义"，称高晓声是"苦涩现实主义"，称陆文夫是"糖醋现实主义"。方之小说的辛辣味道，一度并不见容于文坛，其代表作《内奸》被退了两次稿，这让他觉得很没有面子，不止一次当着我的面骂娘。好在《内奸》还是发表了，而且很快得了全国奖，这个奖被评上不能说与方之的逝世有关，然而在评奖之前，方之的英年早逝引起文坛震惶，连巴金都赶写了文章悼念，也是不争的事实，毕竟是影响太大，说红就红了。

平心而论，在上世纪八十年代初期，高晓声要比陆文夫更红火一些。这时候方之已经过世，如果他还健在，也可能会在陆文夫之上。这无疑是与个人的文学风格有关，不管怎么说，当时是伤痕文学的天下，整个社会都在借助文学清算过去，都在利用小说出气，辛辣和苦涩未必见容于官方，却更容易引起读者的共鸣。真正奠定陆文夫文坛地位的是后来的《美食家》，不仅因为又得了全国奖，而且它产生的影响连绵不断，一浪盖过一浪。相比高晓声和方之的一炮而红，陆文夫略有些慢热，一开始可以说是不温不火，在《美食家》之前，既能够被别人不断说起，有点小名气，又不至于充当当时文坛的领军人物。

《美食家》改变了一切，陆文夫名声大振，小说到处转载，又是电影又是电视。不只是文坛，而且深入民心，影响到了国外，上到政府官员，下到平头百姓，只要提到一个"吃"字，只要说到会吃的主，就无人不知陆文夫。

四

我一直觉得"美食家"三个字，是陆文夫的生造，在没有

《美食家》这篇小说前，工具书上找不到这个词。有一次，一个朋友让我写信，催陆文夫许诺要写的一篇序，我冒冒失失就写了信，结果陆很生气，立刻给我回信，说自己从来没答应过谁，说别人骗你来蒙我，你竟然就跟着瞎起哄。反正我是小辈，被他说两句无所谓，只是朋友向我赌咒发誓，认定陆文夫是当面答应过的，他现在又赖账不肯写了，也没有办法。后来我跟陆文夫讨论此事，他笑着说，要答应也肯定是在酒桌上，或许是有的，不过喝了酒说的话，自然是不能作数。

陆文夫与父亲还有高晓声喝酒都是一个路数，喜欢慢慢地品，一边喝一边聊，酒逢知己千杯少，从上顿喝到下顿并不罕见。我不善饮，只能陪他们聊天。父亲生前常常要说笑话，当面背后都说，说陆叔叔现在已成了"吃客"，嘴越来越刁了，越来越不好侍候。吃客是苏州土话，也就是美食家的意思。父亲是苏州人，陆文夫长年客居苏州，他们在一起总是说苏州话，而这两个字非得用方言来念才有味道。如果陆文夫的小说当初以吃客命名，说不定现在流行的就是这两个字。

父亲的话有几层意思，首先作为老朋友，他过去并不觉得陆文夫特别会吃。士别三日当刮目相看，父亲见过很多能吃的前辈，说起掌故来头头是道，以吃的水平论，陆只能算是晚辈。其次陆文夫不好辣，缺此一味，很难成为真正的美食大家，父亲少年时曾在四川待过，总觉得川菜博大精深，不能吃辣将少了很多乐趣。第三点更重要，好吃乃是一件很堕落的事，是败家子和富家子弟的恶习，是男人没出息的表现，陆文夫并非出自豪门，主要人生经历都在新中国成立以后，生活在红旗下，不是搞运动，就是三年困难时期，就是"文化大革命"，哪来吃的基础。

"右派"改正错划以后，老朋友经常相聚，有一次在我家喝酒，方之怀旧，说到了他的自杀经历，说自己曾经吞过两瓶安眠药，然后就什么知觉也没有了，醒来时不知身处何处，只听见妻子十分痛苦地问他觉得怎么样。往事不堪回首，说着说着，方之忽然伏在桌上哭了起来，父亲和陆文夫也立刻跟着流起了眼泪。

哭了一会，方之说："你们都没有过死的体会，我算是有过了！"

这句话又勾起了大家的伤心，在过去的岁月里，同是天涯沦落人，生不如死，谁没有过想死的心呢。"文革"中，父亲确确实实想到了要结束自己的生命，但是没有勇气一个人走，便相约同是被打倒的母亲一起死，母亲断然拒绝，说我们这么不明不白地一死，那就真成了阶级敌人。陆文夫最难熬的却是在"文革"前夕，当时他戴罪写了几个短篇小说，因为茅盾的叫好，正踌躇满志，没想到有关方面正好要挑刺，便说茅公是"与党争夺文学青年"。陆文夫经过了反右的风风雨雨，刚有些起死回生，又突然成了"妄想反攻倒算的右派"。这件事对他的打击很大，一时间万念俱灰，不想再活了。有一天傍晚，他走到一个小池塘边，对着静静的湖水发呆，想就此给自己的人生一个交代。

这几乎就是一个小说中的情节，然而千真万确，所幸被一位熟人撞见，拉着他喝了一夜老酒，才打消了轻生的念头。方之过世，陆文夫从苏州赶到南京，先到我家，站在门外，叫了一声"老叶"，便情不自禁地哭了。然后缓缓进屋，坐在方之生前喜欢坐的红沙发上，又掩面痛哭，像个伤心的小孩子。又过了十多年，轮到父亲要走了，我忘不了陆文夫悲哀伤心的样子，在医院里，他看着已经头脑不清醒的父亲，眼睛红了，叹气不止。这以后，他一次次在电话里关切询问，然后又匆匆从苏州赶过来奔丧。

进入了新时期，文人陡然变得风光起来，陆文夫更多的是向人展现了自己靓丽的一面，人们很难想到他并不光鲜的另一面。很显然，陆文夫并不喜欢"糖醋现实主义"这种说法，事实上他文章中有着太多的辛辣和苦涩，人们只是没有那个耐心去读。要知道，他本是个愤世嫉俗的人，说到脾气大，说到不随和，"探求者"成员中，他丝毫也不比别人差，当然吃的苦头也就不比别人少。陆文夫的两个女儿身体都不好，大女儿开过刀，做过很大的手术，小女儿更是很年轻地就撒手人寰，都说这与她们从小被动吸烟有关。

在陆文夫写作的艰难岁月里，大部分时间居住环境十分恶劣，他都是关在一间烟雾缭绕的小房间苦熬，而且由于经济条件限制，吸的是最差劲的香烟。这种蹩脚烟老百姓也抽，但很少是躲在完全封闭的环境里，百无一用是书生，那年头的文化人哪有什么今天的健康意识。

陆文夫被打成"右派"后，当过工人，"文革"中又下放了很多年，这本是文化人的宿命，没必要过分抱怨，更没必要心存感谢。一个人并不能因为吃过苦，就一定应该享受甜，落过难，就应该获得荣华富贵。写作并不比别的什么工作更伟大，人生最大的愉快，是想干什么，就能干什么。陆文夫的手很巧，他当工人，曾是一名非常出色的技工，但是更擅长的还是写作，只有写作才能让他真正如鱼得水。说起陆文夫的不幸，也就是在说整个五十年代作家的不幸，整整二十年，给作家一些磨难也没什么，吃点苦也行，然而真不应该无情地剥夺他们的写作权利，不应该扼杀他们的创作生命。

五

我对林斤澜的了解并不多，只知道他和父亲关系很铁，除了"探求者"这批老哥们外，北京的同辈作家中，与父亲私交最好的就是他。为了这个缘故，在我刚开始写作的那段日子，父亲曾把我的一个中篇小说习作交给他，让他提提意见，其实是投石问路，看看是否能在《北京文学》上发表，这话自然没好意思明说，老派的人都很讲究面子，有些不该说的话还是藏着为好。林斤澜认认真真地回了一封很长的信，首先是说想不明白，为什么要让他来提意见，说你老叶身边高手如云，往来无白丁，干吗非要绕道北京，让他这么一个并不被文坛看好的人出来说话。

这是我唯一没有拿出去发表的小说，至今也想不明白当年为什么会这样做。或许是穷疯了，居然把压箱底最糟糕的一篇小说拿了出去，毕竟林斤澜和父亲最熟悉，说不定就能在他主编的刊物上发表了。来信中有大量的鼓励，说文字还很不错，也蛮会说故事，就凭这样的小说去做一个现成作家，自然是当仁不让。很多表扬其实就是批评，我始终记得最后的几句话，说写作可以有很多种，然而驾轻车走熟路，未必就有什么太大意思。

多少年来，我一直把这句话牢记在心上，当作座右铭。熟路就是俗路，就是死路，一个写作者必须坚决避免，不能这样不知死活地走下去。很感谢林斤澜没有把那篇小说发出来，他把这篇小说退给了我，没让我感到沮丧，只让我感到羞愧，感到醒悟，让我一下子明白了不少写作的道理。一个人在刚开始写作的起步阶段，肯定会有些懵头转向，肯定会不知轻重，这时候，有一个人恰到好处地对你棒喝一声，真是太幸运了。

不能说五十年代开始写作的那一辈作家，没有文字上的追求，但是要说林斤澜在这方面最用心，最走火入魔，并不为过。据说汪曾祺对林斤澜的文字有过批评，在五十年代说其"纤巧"，后来又说其"佻"，所谓纤巧和佻，说白了，都是用力有点过的意思。这个也就是父亲说的那个"怪"了，玩文学，矫枉不妨过正，语言这东西，说平淡，说自然，其实都是一种功力，都得修炼。事实上，汪曾祺自己的文章也有同样的问题，也是同样的优点缺点。明白了这些，就能明白为什么林斤澜和汪曾祺会走得很近，会惺惺惜惺惺，奇文共赏，毕竟他们在艺术趣味上有很多共同追求的东西。

汪曾祺早在四十年代末就开始以写作出名，千万别小看只早了这么几年，有时候几年就是整整一代人。汪的文字功力一下子远远地高于五十年代的作家群，后面的这茬作家，先是没有意识到，后来明白了，要想追赶上汪曾祺，必须得花很大的气力才行，而这里面最肯玩命，玩得最好的，基本上就是林斤澜了。

林斤澜的小说在八十年代并不是太被看好，他是名家，谈不上大红大紫，如果说因为汪曾祺的走红，带火了林的小说，听上去很不入耳，然而也不能说不是事实。汪曾祺让大家见识了什么叫艺术，推动了一代人小说趣味的行情上涨，也顺带提高了林斤澜的地位。林斤澜的短篇小说写得很棒，他是一个始终都有追求的作家，小圈子里不时有人叫好，朋友们提到他都乐意竖大拇指，但是真正获得全国奖，却是迟了又迟，晚了又晚。他那一辈的作家都得过了，都得过好几轮了，最后才轮到他。然而获奖并不能完全说明问题，除了汪曾祺，林斤澜是五十年代开始写作的老作家中当然的老大哥，这一方面是由于他的年龄，既岁数大，又活得长，另一方面也是由于小说成就，他压得住这个阵。出水再看两脚泥，他的作品毕竟比那些当红一时的作品更耐看，很多人都愿意佩服，也就不是没有道理。

六

陆文夫当了中国作协的副主席，他自己不当回事，我们这些做晚辈的却喜欢议论，聚在一起常要切磋，研究这相当于什么职务。在一个讲究级别的社会，一说起让人捉摸不透的"相当于"，就难免书呆子气，就难免不着调和离谱。说着玩玩可以，一是一，二是二，千万别拿村长不当干部，千万不要把作协主席和副主席真当领导。

毕竟作家是靠作品说话，作品写好了，这就是真的好，就是真正的功德圆满。陆文夫其实是个很有架子的人，内心十分骄傲，一点都不愿意低调，我看到有些文章说他待人接物非常随和，很乐意与普通老百姓打成一片，心里就觉得好笑，夸人不是这么夸的。我们总是习惯于这样来表扬人，父亲生前就是一个最典型的例子，人家总是这么说他，其实文人没有一些脾气，没有自己特立独行的品格，只是充当一个和事佬并不可爱，而且也不真实。"探求者"中的这些作家，眼光一个个都很高，都牛，背后说起话来都挺狠挺损，我可没少听他们攻击过别人，说谁谁谁不会写东西，谁的小说惨不忍睹，这些话是经常挂在嘴边。

很显然，陆文夫根本不会把全国作协的副主席头衔放在眼里，在别人看来就不一样，有的人专门看人脸色，喜欢观察别人对自己的态度。陆文夫并没有什么改变，他天生就有些狂，可是偏偏有人觉得是当了副主席才变了。由于美食家的称号，晚年的陆文夫给人的感觉更像是一位不折不扣的名士，出入有高级的轿车，交往多达官贵人，早已不是当年的吴下阿蒙，却不知道他即使在最落拓时，也仍然不失为一翩翩公子。高晓声和方之，还有我父亲都属于那种不修边幅的人，就算是成功了，也仍然一副潦倒模样，陆文夫不是这样，用今天时髦的话说，他一直是位帅哥，一直相貌堂堂很有风度。

陆文夫还是江苏作协主席的时候，他不止一次跟我谈过，不想兼这个可有可无的差事。当初还没有高速公路，铁轨上也没有飞驰的动车，他远在苏州，有时候为了一点屁大的事，得火烧火燎地赶到南京。人情世故匪夷所思，很多时候就是这样，不想干反而会让你干，想干又未免干得了。好在当不当都是做做样子，为了请他出山，当时负责分管文化的省委副书记孙家正赶到苏州，亲自做他的思想工作。这样隆重的礼遇让陆文夫觉得很有面子，同时也让他找到了自己还是应该出来当这个主席的借口。后来孙去北京当了文化部部长，陆文夫年纪也渐渐大了，不打算让他再干下去，新的分管领导约他到南京谈话，短短的几分钟，便从本来就是挂名的主席，变成了更加是挂名的名誉主席。

这个变动让陆文夫感到不太痛快，他不在乎那个主席，更不在乎名誉主席，在乎的只是一个礼数。不同官员会有不同的领导风格，对文人的态度从来就不一样，赵匡胤杯酒释兵权，陆文夫没什么实权，只有一些虚名，他觉得有些话如果在酒席上提出来，或许会更合适一些。

七

我与林斤澜有过三次同游的经历，每一次都很有意思。第一次是在江苏境内，先在南京，然后去扬州、镇江、常州，再返回南京。这一次因为还有汪曾祺，汪是才子型的文人，到什么地方都会有热情的粉丝求题字，因此林虽然是陪同，却常常躲在后面看热闹，一边与我说悄悄话，一边乐呵呵地笑，我们都很羡慕汪能写一手好字。

第二次是长途旅行，仿佛红军二万五千里长征，在地图上南来北往东奔西窜。从江苏的无锡出发，转南京，去山东，去安徽，去江西，去福建，去浙江，去上海。华东六省一市，偌大的一个区域，该玩的地方都点了卯，是名胜都去报到，拜访了曲阜，登梁山、黄山、武夷山和当时尚未完全开放的龙虎山，游徽州皖南民居，逛景德镇看瓷器瓷窑，还有太湖、千岛湖、富春江、西湖，总之一句话，玩的地方太多了，根本就数不过来。老夫聊发少年狂，我这个年龄的作家都时常喊吃不消，他却无大妨碍，兴致勃勃率领老妻，一路喜气洋洋。

第三次就是在贵州，这一次，我干脆是与林斤澜同一个房间住，当时还很少让作家住单间，即使老同志也不能例外。我们朝夕相处，老少相知有素，天南海北说了很多。难得的是林斤澜始终有一份年轻人的好心情，能吃能睡能玩，更能说笑话。与他在一起，你永远也不会觉得无聊。他喜欢谈论过去，褒贬身边的朋友，尤其喜欢对我倚老卖老，说他当年跟在那些老作家后面，像对待老舍，那就是老老实实，小心翼翼地在一旁看着听着，就像我现在对待父辈作家一样。

又说有一次陪沙汀去看李劼人，李提出来要弄几个好菜招待，沙汀一口拒绝了，坚决不答应。这事让林斤澜一想到就连声大喊可惜，李劼人是老一辈作家中赫赫有名的饕餮之徒，他一出招，亮两手绝活，后来的美食家汪曾祺和陆文夫，都得乖乖地服输靠边站。林斤澜说自己当时那个动心，那个懊恼，这不只是一个解馋的小问题，关键是可以大开眼界，领略大师的美食风范。这么好一个机会，活生生失之交臂，焉能不着急，岂能不跺脚。

林斤澜也喜欢玩点收藏，不收藏珍版书，不收藏名人字画，藏书也不算太多，可是他收罗了大量的酒瓶。跟他一起周游，看到有点奇怪的酒瓶，他的眼睛便会像顽童一样放光。我已经记不清是在什么地方，反正是去参观一家工厂，专门为各种名酒做酒瓶，五花八门琳琅满目，林斤澜看了，从头到尾都是感慨，我们就不停地问他想要哪一个，他东看西望，一个劲地喊：

"好确实是好，可太多了，不好带呀！"

还是在贵州，我们天天吃火锅，看着汤里翻滚的罂粟壳，终于明白为什么会好吃，为什么会一筷又一筷不肯停嘴。离开贵州前，我们异想天开地想带点回去，结果东道主就弄了一大包过来，明知这是违禁之物，飞机上不可以携带，可是我们光想着回家也能吃火锅，还是每人悄悄地分了一包。看到林斤澜很孩子气地跟大家一起冒险，我们感到很高兴，都觉得有他老人家陪着，闯点小祸也没关系了。所幸安检都没事，当年还不像现在，有胆子试试也就蒙混过去了。

八

鲁彦周先生安排一批老友去安徽游玩，给我这晚辈打了个电话，让我陪陆文夫去，说是一路可以有个照顾，可是陆突然感到身体不适，临时变卦不能去了，我又不愿意独自成行，结果便把储福金拉了去。这其实又是一次小规模的"右派分子"聚会，自然还是热闹，动静很大，有王蒙，有邓友梅，有张贤亮和邵燕祥，还有东道主鲁彦周，都是老"右派"。在一个风景如画的景点，鲁彦周很遗憾地对我说，考虑到兄弟们年龄都大了，此次出行专门请了医生护驾，可是没想到就算如此高规格的安排，老陆还是不能来，真是太可惜。又说老陆真要是来的话，能玩则玩，随时又可以走，这多好，老朋友能聚一聚不容易。言辞很悲切，他提及当年曾想约我父亲到安徽看看，总以为时间很多很容易，没想到说耽误就耽误了。

陆文夫与鲁彦周同岁，比他早走了一年。在陆文夫追思会上，江苏一位老作家用"备极哀荣"四个字来形容，这个说法很值得让人玩味。从世俗的角度来看，上世纪五十年代开始写作的这批老作家，很多人虽然被打成"右派"，历经了种种运动之苦，只要能写出一些货真价实的东西，后来都能名利双收，晚年总体上还是比较幸福。国家给的待遇也不算太低，方之走得最早，沾光最少，仍然分到了一套在当时还说得过去的房子，高晓声是三套，陆文夫只有一套，但是就其面积和规格，已足以让人羡慕。

父辈作家最大幸运是熬到了"四人帮"被粉碎，有一个新时期的大舞台供他们大展身手。否极而泰来，重塑文学辉煌的重任，既幸运又当仁不让地落在了他们身上。没有他们，就谈不上什么新时期的文学繁荣，而我们后来的这些作家，其实都是踩在父辈的肩膀上，才冒冒失失开始文学创作。必须以一种感恩的心态对待他们，然而要重新评价前辈，却不可回避地会遭遇到两个问题。首先，如果最初的青春岁月不被耽误，不被摧残，不是鲜花重放，而是一直尽兴地怒放，他们的文学成就会达到一个什么样的高度。其次，当耽误和摧残这些词汇不复存在，待遇被普遍提高，地位得到明显上升，作家的镣铐被打开以后，前辈的实际成就又究竟如何。认真地研究这些，对当代文坛的创作无疑会有好处。

晚年的陆文夫时常会跟我通电话，基本上都在谈他的身体状况，或是由身体引起一些话题，服用了什么药，效果如何。试用了某种进口药后，他非常热心地推荐给我伯父服用，因为伯父也有肺气肿。这时候，他对文坛已没多少兴趣，更多的是反过来关心小辈的健康，提醒我不要不顾一切，犯不着为写作玩命。烟早就不抽了，酒也不能喝了，他成了一个不折不扣的长者，一位非常慈祥的老人。

江南的冬天非常难熬，因为没有暖气，数九严寒北风怒吼，在室内待着很难忍受。陆文夫的肺不太好，呼吸困难，有一次他向我抱怨，说空调里散发出来的热风，让他觉得很不舒服。我不知道如何安慰他，只能埋怨气候不好，我们正好处在不南不北的位置上，纯粹北方就好了，房间里有热水汀，地道的南方也行，干脆气温高一些。江苏的气候要么把人热死，要么就让人冻得吃不消。此后不久去上海参加新概念作文大赛评奖，快经过苏州的时候，我想到了卧病在床的陆文夫，想到了空调散发的让他不爽的暖风，突然决定中途下车，直奔苏州的电器店，买了一个取暖油汀，然后送到陆文夫家。他感到很吃惊，没想到我会出现，更没想到我会给他送这玩意。我也觉得很有意思，怎么就会灵机一动，为什么不能早点想到呢，取暖油汀使用起来，显然要比空调舒服。

这是我与陆文夫的最后一次见面，早就知道他身体不好，早就知道不可能恢复，早就知道会有那么一天，就跟自己的父亲当年过世时一样，明知道事已不可避免，明知道那消息就要到来，可是从感情上来说，还是不太愿意接受。

二〇〇九年十月十六日　河西

记忆中的"文革"开始

"文化大革命"开始的时候，我刚九岁，上小学二年级。常听人说自己小时候如何，吹嘘童年怎么样，我是个反应迟钝的人，开窍晚，说起来惭愧，九岁以前的事情，能记清楚的竟然没有几桩。很多记忆都是模糊的，一些掌故和段子，是经过别人描述以后，才重新植入了我的大脑皮层。往事是别人帮着我一起回忆才想起来的。记得有一天课间休息，一位美丽的女同学突然站到了我面前，用很纯真的口气，问我母亲是不是叫什么。我说是呀，她就是我母亲。接下来都不说话，有那么短暂的一小会，大家都哑了，然后女同学眼睛一闪一闪地说，昨天晚上她去看戏了，是我母亲主演的《江姐》。

永远也忘不了这位女同学的表情，圆圆的眼睛红润的脸色，

让人神魂颠倒，让人刻骨铭心。我似乎是从那时候才开始知道
事，才开始有明确的记忆。那年头，孩子们心目中的明星，不是
漂亮的名演员，而是故事中的英雄人物。我们满脑子都是黑白
分明的好人坏人，个个向往烈士和革命，人人痛恨叛徒和反革
命。女同学的羡慕表情，仿佛我真是江姐同志的后人，真是烈士
遗孤。也许只是自己有这样的错觉，为了这错觉，我得意了好几
天。我觉得那女孩子爱上我了，当然事实的真相应该是，我爱上
了那个女孩子。

我的小脑袋瓜里乱七八糟，时间和空间都发生了错位。课堂
上读过些什么书，老师在说什么，已经记不清楚，我成天陶醉在
革命后代的得意之中，享受着一个烈士遗孤的幸福感觉。母亲的
光环笼罩着我，她在舞台上的走红，伴随着我的童年。我的耳边
反复回响着"这是谁的儿子"的絮语，她和她所扮演的英雄人物
融为一体。母亲的女弟子对我宠爱有加，见了我，谁都会发出一
两声惊奇的尖叫。她们抢着抱我，哄我，带我出去玩，在我的口
袋塞糖果，塞各种各样好玩的小玩意。那是个忙乱的年代，我没
有多少机会和父母在一起亲近，印象中，他们很少有时间跟我敷
衍。英雄人物的光环只是一种错觉，我的父母整日愁眉苦脸，总
是处在这样那样的运动之中。负责照看我的保姆，常常为整理他

们的行李抱怨，因为父母要不断地出门，要上山下乡，要去工厂煤矿，去社会的各种角落，参加"四清"，参加社会主义教育运动。在还不懂什么叫"体验生活"的时候，我已经先入为主，无数遍地听到了这四个字。

"文化大革命"运动，只是一系列轰轰烈烈运动中最大最漫长的一个。"文化大革命"并不是在某一天突然开始，也不是突然就结束。它像一段源源不断的河流，和过去割不断，和以后分不开。我有意义的记忆，恰恰是从"文化大革命"开始的，它开始变得清晰起来，成为生命中不可分割的一部分。

也就是在九岁的时候，我突然发现母亲并不是什么英雄人物，她的走红已变成了一个巨大包袱。现实与想象，有着太大的距离。那年夏天，大家在院子里乘凉，我听见大人们正用很恐怖的口吻，谈论着刚开始发动的"文化大革命"。我们的院子里住的都是名人，都是所谓的"三名三高"。我从来就没弄明白什么叫"三名三高"，只知道"名演员"和"高级知识分子"这两项。街上不时传来敲锣打鼓的声音，隐隐地有人在呼喊口号，我听见母亲说，她已经准备好了一双布鞋，革命群众要让她游街示众的话，就穿上布鞋，这样脚底不至于磨出水泡来。我的父亲照例是在一旁不吭声，有一个邻居说谁谁被打死了，谁谁被打折了腿，他们小心翼翼地议论着，已经预感到大难就要临头。一个个惶惶不可终日，七嘴八舌，最后得出了共同结论，那就是造反派真冲进来揪人，绝对不能顽抗，要老老实实地跟着走，有罪没罪先承认了再说。

我不明白学校为什么突然可以不上学了。对于一个孩子来说，这可是一件天大的好事，想怎么玩就怎么玩，天天都跟过节一样。我们的小学成了红卫兵大串联的集散地，外地来的红卫兵小将安营扎寨，在教室里打起了地铺，把好端端的学校糟蹋得跟猪圈一样。他们临走的时候，桌子掀翻了，板凳腿卸了下来，电线和灯头都剪了，说是那里面的铜芯可以卖钱。"文化大革命"在我最初的记忆中，就像是狂欢节，痛痛快快砸烂一切，稀里哗啦打倒一片。这个城市里到处都是外地的孩子，而比我们大一些的本地孩子，也都跑到别的城市去革命串联了。那些兄弟姐妹多的同学，没完没了地向我吹嘘哥哥姐姐们的冒险。外面的世界实在太精彩，我记得当时最痛苦的，就是恨自己岁数太小，因为小，很多好玩而又轰轰烈烈的事情都沾不上边。

在我印象中，"文化大革命"除了革命，没有任何文化。那时候街面上热闹非凡，到处生机勃勃，到处阳光灿烂。最喜欢看的是游街示众，被游街的人戴着纸糊的高帽，胸前挂着牌子，敲着小锣，打着小鼓，一路浩浩荡荡地就过来了。我们欢天喜地迎过去，跟着游街的队伍走，走到很远很远的地方，再跟着另一支游街的队伍回来。我已经记不清楚那些被游街者的面孔，甚至也记不清楚他们胸前牌子上写着的字，看上去都差不多，是些什么人在当时就不在乎，现在更没有必要回忆。我们跑到南京大学去看"大字报"，看漫画，看毛泽东思想宣传队表演节目。这里是"文化大革命"的中心，是各种激烈运动的策源地，是地方就挂着高音喇叭，是地方就有批斗会，没有白天黑夜，没有春夏秋冬。十多年以后，我成为这所大学的一名学生，当时最深刻的印象，就是这个学校怎么变小了。在我的记忆中，人山人海的南京大学，广阔得像森林一样无边无际。

我们经常跑到我父母的单位去玩，家属大院与那里只是一墙之隔。有一天，我看见满满一面墙，铺天盖地都是我母亲的"大字报"。仿佛今天街头见到的那种巨幅广告牌一样，我和小伙伴站在"大字报"前面，显得非常渺小。母亲的名字被写得歪七扭八，用红墨水打了叉。记得当时自己非常羞愧，恨不得挖个洞，立刻钻到地底下去。小伙伴们津津有味地看着，我逃不是，不逃也不是，硬着头皮在一边陪看。"大字报"上的内容早已记不清楚，只记得说到母亲的反党言论，有一句无论如何也忘不了，那就是"共产党是茅坑里的石头，又臭又硬"，这句话实在太形象了，很引人注目。一起看"大字报"的小伙伴转过身来，指着我的鼻子申斥：

"这话太反动了，你母亲怎么可以这么说？"

我也觉得反动，太反动了。

小伙伴气鼓鼓地说："你母亲竟然要把共产党扔到茅坑里！"

我不知道母亲为什么要这么说，怎么能这么说。它成为我心中的一个秘密，直到"文革"结束，有一次聊天，偶然问起母亲，她大喊冤枉。母亲说我是共产党员，你父亲也是，我干吗要这么说呢。但是她又不得不承认，自己确实是这么说过，至于为什么要这么说，已经记不清了。

抄家是很多人都会遇到的。有一天，突然来了群气势汹汹的红卫兵小将，把我父母押到了角落里，袖子一捋，翻箱倒柜抄起家来。要说我一点没有被这大动干戈的场面吓着，那可不是实情。我被带到了厨房，小将们用很文明的方法，十分巧妙地搜了我的身。她们如数家珍，强烈控诉着我父母的罪行，然后一个劲地表扬夸奖，说我是好孩子，说我是热爱毛主席的，会坚定不移地站在共产党一边。她们一点也没有把我当作外人，知道我身上藏着许多毛主席宝像，说仅仅凭这一点，已足以证明我是无产阶级司令部里的人。

这些话说到了一个小孩子的心坎上，在那年头，没有什么比这种认同，更让人感到贴心，感到温暖如春。天大地大，不如党的恩情大，爹亲娘亲，不如毛主席亲。我的身上确实收藏丰富，当时抢像章很厉害，害怕别人来抢，我把所有的像章都反别在衣服上。结果就像变戏法一样，我掀开这片衣服，亮出了几块宝像，撩起另一块衣襟，又是几块宝像。小将们一个个眼睛放出光来，惊叹不已。好几位造反派是我母亲的得意弟子，原来都是极熟悉的，她们在我身上摸来摸去，把我哄得七荤八素，目的却是想知道母亲有没有把什么东西，偷偷转移到儿子的口袋里。我对她们不无反感，只是觉得有些不好意思，因为那时候已经有了些性别意识，被这伙女造反派弄得很别扭。一个造反派摸索完了，另一个造反派又接着过来摸索，上上下下里里外外，都让她们给搜寻遍了。突然，一个小将跑过来报喜，说是找着罪证了，这边的几位小将顿时兴奋起来，一副大功告成的样子，也顾不上我了，扭头都往那边跑。

我隐隐约约听说是抄到黄金了，这在当时，就是个了不得的罪证。在我少年的记忆中，黄金绝对不是个什么好东西，只有地主资产阶级才会拥有，只有反动派才会把它当作宝贝。拥有黄金意味着你与人民为敌，意味着你是万恶的剥削阶级。听说那些被抄家的坏人，常把黄金藏在枕头芯里，埋在地板底下，既然是从我们家抄到了黄金，我确信自己父母像红卫兵小将说的那样，肯定不是什么好东西。我们家有很多书橱，听说抄到黄金的时候，我首先想到的，是那几根镶在书橱上黄灿灿的金属轨道。我至今都不明白，当时为什么会这么想，为什么会有这样自以为是的误会。也许是保姆和别人说过，我们家的书很值钱，也许是小人书和电影里的阶级斗争教育，让我产生了高度的革命警惕。反正当时确信不疑，认定那些金属轨道就是黄金。我的父母把黄金镶在书橱里，以为这样就可以蒙过别人的眼睛，可是他们没有想到，狐狸再狡猾，也斗不过好猎手。革命群众都是孙悟空，个个都是火眼金睛。

后来才知道，所谓黄金，不过是我奶奶送给母亲的一条金项链。我听见了母亲挨打的惨叫声，造反派此起彼伏地训斥着，显然并不满意只有这么一点小小的收获。他们继续翻箱倒柜，继续恶声恶气，动静越来越大，收获越来越小。我一个人待在厨房里，心里七上八下，不着边际地胡思乱想。不时地有造反派跑到厨房来，这儿看几眼，那里摸几下，连油盐酱醋的瓶子都不肯放过。

在旧作《流浪之夜》里，关于抄家，我曾经写过这么一段文字：

> 一直抄到天快黑，大失所望的造反派打道回府。除
> 了厨房，所有的房间都被贴上了封条。我的父母就在这
> 一天进了牛棚，保姆也拎着个包裹走了，只留下我孤零
> 零的一个人。
>
> 我整个地被遗忘了。我的父母把我忘了，造反派也
> 把我忘了。
>
> 天很快黑了下来，肚子饿得咕咕直叫。一个人待在
> 宽宽大大的厨房里，真有些害怕，于是便跑到大街上去。

那天晚上，我在大街上流浪了一夜。或许也可以称作是一种
出走吧，自记事以来，还从未一个人离家这么远过，更没有深夜
不归的经历。我为自己生长在这样的反动家庭感到羞愧，决定离
开，决定跟与人民为敌的父母彻底决裂。夜色降临，我不知道自
己要去什么地方，身无分文，茫然地在街上走着，哪儿人多就往
哪儿去，哪儿好玩便往哪儿钻。这一夜，遇到的稀奇古怪，要一
笔一笔说清楚，还真不容易。大街上灯火通明，在市中心的广场

上，毛泽东思想宣传队正轮番演出活报剧，给我留下最深刻记忆的，是一段轻松活泼的天津快板书。在当时，再也没有什么比快板书更适合街头宣传，说书者戴着个大鼻子扮演刘少奇，动不动就来这么一句，"提起了刘少奇，他不是个好东西"。这词非要原汁原味的天津话说起来才有趣，快板噼噼啪啪地响着，听众一边听，一边乐。

不远处，造反派正慷慨激昂地辩论，你一句，我一句，没完没了。革命不是请客吃饭，革命就是斗嘴吵架。那时候，大规模武斗还没有开始，辩论者唇枪舌剑，不时地听见有人在高喊"要文斗，不要武斗！"文斗就是讲道理，可是讲着讲着，就都不讲道理了，袖子捋了起来，拳头举了起来。眼看着要打起来，不知怎么的，又突然不打了，双方握手言和，然后又接着与第三方大吵，吵得不可开交。一方说什么好得很，一方就大喊好个屁。广场上"好得很"和"好个屁"此起彼伏，谁都不肯示弱。我一直没弄明白"好得很"和"好个屁"的争论焦点是什么，"好得很"这一派后来被称为"好"派，它的对立面就成了"屁"派，"好"派"屁"派是南京两大造反组织，都出了一些了不得的大人物。

那漫长的一夜可以分成两部分，上半夜都和革命有直接的关系，下半夜与革命就有些距离。随着夜越来越深，耍猴的、卖狗皮膏药的、要饭的，都形迹可疑地冒了出来。耍猴的一个劲数落一只老实巴交的猴子，就像教训自己的孩子一样，好几个大人围在一旁津津有味地看着，边看边笑。卖狗皮膏药的开始推销自制的肥皂，吹得天花乱坠，把机油和泥土往一块白布上揉，然后现场清洗给观众看，引得看的人赞叹不已。要饭的在数自己挣的钱，把硬币一枚枚摊在空旷的台阶上，数了一遍又一遍。在树荫深处，竟然还有一个男人在手淫。我当时并不明白是怎么回事，只是奇怪他尿个尿，干吗要那么复杂。

重新回忆这一夜，总有一种荒诞之感，连我自己都觉得它不真实，然而又确确实实都是亲眼所见。一群小流浪汉合起伙来，不费吹灰之力，就骗走了我脚上的新塑料凉鞋。他们是我新结识的伙伴，我们一起在广场上玩，从东窜到西，又从南玩到北，很快变成无话不说的小战友。夜深人静，广场上的人群渐渐散去，喧嚣的热闹劲过去了，我仿佛找到了组织，自然而然地成为他们中的一员。这伙小流浪汉郑重其事地接纳了我，开始对我天花乱坠，哄得我这个九岁的孩子心旷神怡，对未来产生了太多美好想象。五颜六色的肥皂泡在空中飞舞，我很轻易地就相信了他们的许诺，相信他们真能带我去北京，去见伟大领袖毛主席。为首的家伙是个瘸子，是个能说会道的语言天才，他自称是老红军的后代，曾经被毛主席亲自接见过，还跟他老人家握过手。我对这家伙的故事深信不疑，他说的每一句话都能打动我，说什么我都敬若神明。最后他对我下达命令，让我像其他的小流浪汉一样，在银行门前的大平台上躺下来睡觉，他让我把凉鞋脱下来，当作枕头垫在脑袋底下，理由是这样不容易被偷走。

我困意蒙眬地当真把塑料凉鞋脱了下来，搁在脑袋下面，美美地进入了梦乡。在蜜一样的梦中，我梦到自己和成年的红卫兵一样，爬山涉水，终于到了世界革命的中心，见到了人们心中最红最红的红太阳毛泽东。人山人海，一片欢呼声，我的鞋子被挤掉了，大家都赤着脚向前拥去，一直冲到了最前面，街面上到处躺着被挤掉下来的各式各样的鞋子。

醒过来的时候天已经大亮。一时间我不明白自己怎么会躺在大街上。我已从平台的这一头滚到了另一头。我的鞋没有了，我的那些新结识的流浪汉小战友也无影无踪。

最后，我是光着脚走回家的。我被那些新结识的小流浪汉给耍了，刚建立起来的革命情谊，转眼间被糟蹋得干干净净。他们偷了我的凉鞋，兴高采烈地逃之夭夭，像沙滩上的水一样蒸发了。我的失踪惊动了当地派出所，也让造反派感到不安，他们对我的失踪负有责任。我的父母还关在牛棚里，一个半大不小的孩子就这么不明不白地没有了，造反派显然意识到问题的严重，正分头在找。他们担心我被人贩子带走，落入坏人之手。我的出现让大家喜出望外，尤其是那些女弟子，虽然已经与我母亲决裂了，毕竟还有些残存的师徒情谊。她们像对待英雄回归一样地欢迎我，让我先饱餐了一顿，然后围着我七嘴八舌，一个劲地追问我把鞋子丢到哪去了。我结结巴巴说着自己的遭遇，多多少少有些添油加醋，她们听得一惊一乍。对于她们来说，这只是有惊无险，只是弄丢了一双鞋子，鞋子丢了，孩子还在，已经是不幸中的万幸了。

吃饱喝足，一个年轻美丽的女演员英姿飒爽地走过来，把我从母亲的女弟子手中接走了。她是造反派的小头目，是兵团的什么司令，穿一套草绿色军服，系一条地道的军用皮带。那时候，造反派全是这身打扮，真能穿上货真价实的军服的人并不多。她身上是一套真正的军人制服，仅仅凭这套行头，足以让人刮目相看。在当时，有各式各样的军服，大多是仿制的，有的甚至是用土布自己染的，绿得莫名其妙，水洗以后，因为褪色，像迷彩服一样肮脏不堪。一套真正的军人制服，在那个特殊的年代，有着不同寻常的意义，它代表着一个人的身份，代表着一种地位。

造反派小头目正和一位现役军人在谈恋爱，她身上的军服就是那个男人的，穿在身上大了一些，可是仍然是很好看。我觉得最能给人带来视觉上的冲击，最能引起人们回想起"文化大革命"开始的场景的，莫过于绿军装与红袖标的配合。民间有"红配绿，丑得哭"的说法，南京方言里"绿"和"哭"搁在一起，不但押韵，而且朗朗上口。红和绿在颜色对比上，既尖锐冲突，又十分和谐。在一片绿色的海洋中，红袖标像鲜花一样灿烂。身穿军装，戴着红袖标的小头目神情严肃，径直走到我们面前，神气十足地宣布：

"好吧，你们现在可以把这小家伙交给我了，我有话要对他说。"

女弟子们立刻都不说话，似乎已经明白她要对我说什么，看看我，又看看她。

我不知道她会说什么，只是预感到会有些不幸的事情将要发生，依依不舍地看了女弟子们一眼，乖乖地跟她走了。接下来的谈话，对一个九岁孩子产生的强烈冲击，丝毫也不亚于抄家。她把我带到了一个没有人的地方，看了看四周，既兴奋又神秘地向我宣布，说你并不是现在的父母生的。她说，你只是一个被领养的孩子，你和现在的父母根本就没有血缘关系。我不敢相信自己耳朵听到的话，对我来说，这简直就是晴天霹雳。没有什么比这更严重的了。看着我吃惊的神情，她有些幸灾乐祸，和颜悦色地安慰我，说这其实是一件天大的好事，你应该高兴才对，为什么呢，因为你并不是坏人的孩子。龙生龙，凤生凤，老鼠的儿子会打洞。老子英雄儿好汉，她接着说出了一个更让人吃惊的秘密，她说你知道，事实上，你是一位革命烈士的后代，你的父亲是久经沙场的老革命，为了人民英勇牺牲，已经长眠于地下。

我不相信造反派说的话，又没办法不相信。突然，她的眼睛饱含着泪水，仿佛被什么事情感动了一样。我目瞪口呆地看着她。二十多年以后，在美丽的西湖附近，在革命烈士陵园，我看到了亲生父亲的墓碑，这个困惑了自己几十年的秘密，终于解开了。我无法形容当时的心情，是高兴，还是不高兴，是痛苦，还是麻木。对于一个九岁孩子来说，眼前所发生的一切都过于极端，极端得不可思议。你根本无法理解这些，突然之间，你美好幸福的家庭遭遇了抄家，父母变成了十恶不赦的罪人，成了反动分子，成了反革命。然后又是突然之间，原本你生命中最亲近的人，他们竟然又不是你的亲生父母。我记不清楚这次谈话是怎么结束的，只记得造反派小头目从头到尾都没有拿我当作外人。她挑唆我与养父母之间的仇恨，不停地安慰我，鼓励我，要我挺起腰杆做人，要像一个革命烈士的后代，要对得起那位为革命捐躯的亲生父亲。她说有毛主席他老人家给你撑腰，党和人民站在你的一边，做你的坚强后盾，你还有什么可以担心。她说你要做一颗革命的种子，要撒在任何地方都能生根发芽，茁壮成长，最后还会开出鲜艳的花朵来。

几天以后，下课的时候，一名同学当着众人的面，模仿我父母游街示众的情形。他曾是我最好的伙伴，他爬到了课桌上，拿腔拿调地发挥着，一会扮演我父亲，一会扮演我母亲。他说我们原来都觉得你们家了不得，谁都是人物，想不到你们一家都是坏蛋，你爸是个坏蛋，你妈是个更坏的坏蛋。你父亲是个大"右派"，你母亲不是江姐，她是甫志高。我听见了女孩子吃吃的笑声，那个在我心目中占据着重要位置的小女孩，那个代表着美好理想的小女孩，也幸灾乐祸地混在人群当中。我的母亲曾是她心目中的偶像，现在，这个虚拟的偶像倒坍了，英雄人物已经不复存在，革命先烈江姐已经被叛徒甫志高取代了。孩子们的游戏很快进入了高潮，小女孩举起了拳头，大家突然高呼起打倒我父母的口号，异口同声，慷慨激昂。

我的眼泪哗哗地流了下来，就好像被心爱的人背叛一样，一种从未有过的悲哀，笼罩在心头。真想把那个女孩子拉到一边，把自己的身世秘密告诉她。我要告诉她，我依然还是革命烈士的后代，我的亲生父亲仍然是英雄人物，可是我没有勇气这么做，就算我说了，她能相信我吗。我不相信她会相信，因为我自己都不太相信。那是一个激烈的年代，革命是头等大事，革命就是一切，换了任何孩子，处在我的地位上，都应该被讥笑，都应该被诅咒。

革命是天堂，反革命应该下地狱。

恨血千年土中碧

一

中华书局出版朱东润先生主编的《中国历代文学作品选》，是高校文科教材中很有影响的一套书。读大学期间，上《古代文学史》，我不是逃课，就是坐课堂里自顾自阅读。朱先生主编的这套作品选有好多卷，每本都十分厚重，记得自己曾对有关李贺的记录很不满意，那段文字的大意，是说李贺生活孤独，性情冷僻，对广阔的现实生活缺乏了解和感受，而当时的社会非常黑暗和混乱，因此诗带有阴暗低沉的消极情调。这部作品选虽然是"文化大革命"前出版，限定在高等学校范围内发行，但是其批评腔调，已经上纲上线。对于喜欢李贺的人来说，这种批评多少有些刺耳。说一个作家没生活，在批评界一度很流行，仿佛生意场上说人做买卖没本钱，又好像说女孩子天生不够漂亮，没生活是年轻作家的致命伤，这棍子抡谁身上都合适。

我最初读到的李贺的诗，是"文化大革命"结束前夕，现在回想，犹如一场隔世的春梦。当时在一家小工厂做学徒工，闲着无事，把苏州人民纺织厂和江苏师范学院联合注释的《李贺诗选注》搁包里带出带进。由工人师傅和大学师生联手选注法家著作，在那时候颇为时髦，我堂姐就和北京机床厂的师傅一起注释了魏源的文章。运用马列主义和毛泽东思想总结历史上儒法两条路线斗争的经验，一度轰轰烈烈，如火如荼，这次对法家著作的大规模注释，也为训诂学培养出一些人才。我有个朋友没上过大学，因为参加工人注释小组，开始对古文有兴趣，恢复高考后，成为第一批训诂专业研究生，后来又成为最早的训诂学博士，这些年来，动不动就到国外讲学。

把李贺算在法家的阵容里，难免莫名其妙。我疑心是喜欢李贺的人搞了小动作，因为那年头只要把某个人列入法家，就可以在无书可读或者有书不许乱读的情况下，堂而皇之地开机印刷他的作品。据说唐朝的诗人中，毛泽东最喜欢"三李"，凭我的记忆，李白和李商隐并没有被列入法家殿堂，当时也没有印刷他们的诗集。天知道李贺为什么会交上好运，到"文化大革命"后期，出版界浑水摸鱼是经常的事。

很长时间里，李贺给我留下的是一个积极向上的印象：

男儿何不带吴钩，

收取关山五十州。

请君暂上凌烟阁，

若个书生万户侯？

《南园十三首·其五》

寻章摘句老雕虫，

晓月当帘挂玉弓。

不见年年辽海上，

文章何处哭秋风？

《南园十三首·其六》

那是一个读书无用的时代，受这些诗的影响，我作为一个小工人，当时做梦也不会想到自己日后会成为一个作家。寻章摘句，男儿不为，这和李贺诗中的那种饱满激情相吻合，我骄躁不安的，是遗憾自己没有建功立业的机会。是不能"报君黄金台上意，提携玉龙为君死"。"吴钩"和"玉龙"都是兵器的别称。王朔在《动物凶猛》中，谈到小说主人公当时急切盼望中苏开战，这代表了一大批男孩子的心情。我们喜欢看战争片，喜欢把敌人打得落花流水，看《地道战》和《地雷战》长大的一代人，对战争绝不会有什么恐怖之感。

二

差不多同时期，我有一位整天捧着《唐诗三百首》的邻居，这人是演员，舞台上扮演小生，"文化大革命"后期没戏演，以吟诵唐诗为乐，我至今也忘不了他吟诗的模样。他给我留下的最深刻印象，是以"三百首"为排行榜，谁入选《唐诗三百首》最多，谁就是最好的诗人。李贺的诗没被选入《唐诗三百首》，因此便不入这位邻居的法眼。在他看来，李贺即使是什么法家，在诗上面也是邪门歪道，要不然不会那么多杰出的唐朝诗人，偏偏漏掉他一个人。

可是我却很喜欢李贺的诗。不仅仅因为上面提到的那些激情诗篇，这些诗给人的印象，与初唐诗人斗志昂扬的边塞诗并没太大区别。让我入迷的是李贺的用字，是他独特的修辞手段。"为人性僻耽佳句，语不惊人死不休"，杜甫的这两句诗借来形容李贺，再合适不过。譬如：

> 骨重神寒天庙器，
> 一双瞳人剪秋水。
>
> 《唐儿歌》

民间骂人常说谁谁谁骨头轻，李贺用质量的"重"来修饰骨，用感觉的"寒"来点缀神，看似漫不经心，却化腐朽为神奇，点铁成金。清朝方扶南批注的《李长吉诗集》指出，"凡寒字率薄福相，此偏用得厚重"。而"瞳人剪秋水"更是在通与不通之间，成语有望穿秋水之说，"秋水"就是眼睛，这里用了一个动词"剪"，让人好不喜欢。同样是"重"和"寒"，到了《雁门太守行》中，又有了另外一种神韵，"塞上燕脂凝夜紫"，于是"霜重鼓寒声不起"。再如《马诗》中的"此马非凡马，房星本是星，向前敲瘦骨，犹自带铜声"，"夜来霜压栈，骏骨折西风"。敲击马骨，能发出金属的悦耳声，马骨像刀锋，能将凛冽的西北风切断，在马的骨头上，做出这样一些出色文章，真是匪夷所思。

钱钟书评点李贺诗，说他喜欢用具体坚硬的东西做比喻，比如弹箜篌的声音，用"昆山玉碎"和"石破天惊"来形容。"荒沟古水光如刀"，把流动的水光比作闪动的刀光。"香汗沾宝粟"，说汗珠犹如粟粒。写到酒，明明是液体，却说是"缥粉壶中沉琥珀"，用固体的"琥珀"来形容流动的美酒，又"琥珀浓，小槽酒滴真珠红"，琥珀比酒取其色，珍珠比酒取其形。总之，李贺的诗，善于通过奇特的比喻，用两物之间的某一点相似，让我们用不同的感觉器官去感受，去触摸，变虚为实，变看不见摸不着为看得见摸得着，又变实为虚，变寻常为不寻常。

长吉细瘦，通眉，长指爪，能苦吟疾书。最先为昌黎韩愈所知。所与游者，王参元、杨敬之、权璩、崔植辈为密。每旦日出与诸公游，未尝得题然后为诗，如他人思量牵合，以及程限为意。恒从小奚奴，骑距驴，背一古破锦囊，遇有所得，即书投囊中。及暮归，太夫人使婢受囊出之，见所书多，辄曰："是儿要当呕出心乃已尔！"上灯，与食。长吉从婢取书，研墨叠纸足成之，投他囊中。非大醉及吊丧日率如此，过亦不复省。

李商隐：《李长吉小传》

　　我想自己喜欢李贺的另外一个原因，是那种为写诗而写诗的艺术家气质。是不是法家根本无关紧要，积极向上和消极低沉也无所谓，作为一名读者，喜欢某个作家，往往只需要一些非常简单的原因。我忘不了当时的情景，每天一早起来，匆匆骑车去郊外的工厂上班，自己是修理工，上班也不是很忙，闲着没事，不让看书，只能傻坐。对付傻坐最好的办法，便是默诵一些古典诗词，而李贺的诗似乎最适合反复品味。我那时不仅爱看带注解的古典诗词，同时还迷恋当代年轻人现写的诗歌。我的一个堂哥有一批酷爱写现代诗的朋友，这些朋友的诗以手抄本的形式悄悄流传，若干年后，成为风行一时的朦胧诗的骨干分子。

　　李贺骑着毛驴出外觅诗，和当代那些年轻人的创作不谋而合。我熟悉的一位年轻诗人，常常说话的时候，突然拔出笔来，在随手捞到的纸片上疾写，写完了，塞在口袋里，然后继续谈笑风生。这些今天看来十分矫情的行为，当时却是实实在在地感动了我。虽然没有投入诗歌写作，但是我的所闻所见，已饱受了诗的潜移默化。人活着，就应该像一首诗一样。很显然，那是我一生中最富有诗意的一个阶段，在古代李贺和当代诗人之间，我找到了让人兴奋的共同点。我发现写作也可以成为人生命本能的一部分，在流行的大话谎言式创作之外，在满纸的大批判或者个人崇拜的语林之外，在文化的沙漠里，还存在着一种别的写作方式。

我并没有想到自己日后会成为一个作家，只不过是提前做好了准备，如果有机会投身写作，我知道应该怎么样。

三

对李贺的诗，确实可以有不同的理解。《李贺诗选注》的前言写得颇有火药味，当年也没认真看，今日重读，不由得感到好笑：

> 今天，当我们运用马列主义和毛泽东思想来总结历史上儒法两条路线斗争经验的时候，有必要正确评价李贺及其诗歌，把被颠倒的历史重新颠倒过来。

事实上，这种义正词严已经有些老掉牙的口吻，我们今天偶尔还能听到。在谈到李贺的诗歌是否"欠理"这一传统评价时，前言用了更激烈的言辞予以反驳：

> "欠理"，这是历代儒家之徒和反动文人给予李贺的另一罪状。他们说的"理"，就是"三纲五常"一类儒家的道德规范、唯心主义的天命论和形而上学，也就是维护反动秩序的一整套孔孟之道，在他们的心目中，这个"理"是神圣不可侵犯的，是他们的命根子，而李贺竟然胆敢对此发出叛逆的呐喊，掷出批判的投枪，这确实欠了他们的"理"。

最早说李贺诗"欠理"的是同时代的诗人杜牧，这个"十年一觉扬州梦，赢得青楼薄幸名"的浪荡子，说了李贺一大堆近乎夸张的好话之后，突然笔锋一转，说李贺"盖《骚》之苗裔，理虽不及，辞或过之。《骚》有感怨刺怼，言及君臣理乱，时有以激发人意。乃贺所为，得无有是？"杜牧的意思很明白，李贺诗的文辞是漂亮的，只不过是"理"弱了一些，如果"少加以理，奴仆命骚可也"。换句话说，李贺的诗再加上"理"，恐怕要比大诗人屈原还要厉害。

不妨看看杜牧是怎么夸李贺的：

> 云烟绵联，不足为其态也；水之迢迢，不足为其情
> 也；春之盎盎，不足为其和也；秋之明洁，不足为其格
> 也；风樯阵马，不足为其勇也；瓦棺篆鼎，不足为其古
> 也；时花美女，不足为其色也；荒国陊殿，梗莽邱垄，
> 不足为其怨恨悲愁也；鲸呿鳌掷，牛鬼蛇神，不足为其
> 虚荒诞幻也。

光说好话没用，好话有时候也会说过头。排比句有一种很强烈的修饰作用，但是只要是个比喻，就会片面，就会有缺陷。放在一起说，难免冲突打架，钱钟书先生《谈艺录》中一针见血地指出："长吉词诡调激，色浓藻密，岂'迢迢''盎盎''明洁'之比。且按之先后，殊多矛盾。'云烟绵联'，则非'明洁'也；'风樯阵马''鲸呿鳌掷'更非'迢迢''盎盎'也"。真是马屁拍到了马脚上，说好话如此，要挑刺批评就更惹众怒。杜牧说李贺的诗欠理，话音刚落，后人的议论就没断过。赞成者继续杜牧的观点，譬如宋朝的张戒《岁寒堂诗话》就说，白居易作诗"以意为主，而失于少文"，李贺作诗"以词为主，而失于

少理", 是"各得其一偏", 他认为最好的诗应该是"文质彬彬,
然后君子"。同样是宋朝的张表臣《珊瑚钩诗话》也说, 诗"以
平夷恬淡为上, 怪险蹶趋为下。如李长吉锦囊句, 非不奇也,
而牛鬼蛇神太甚, 所谓施诸廊庙则骇矣"。朱东润先生主编的那
套教材, 事实上也是这个意思, 认为李贺追求形式太过, 有理
不胜词的缺点。

反对派则据"理"力争:

> 樊川反复称道形容, 非不极至, 独惜理不及《骚》,
> 不知贺所长正在理外。如惠施"坚白", 特以不近人情,
> 而听者惑焉。是为辩。若眼前语, 众人意, 则不待长吉
> 能之。此长吉所以自成一家欤?
>
> 宋·刘辰翁《笺注评点李长吉歌诗》

清朝贺贻孙《诗筏》也用差不多的意思反驳欠理:

> 夫唐诗所以夐绝千古者, 以其绝不言理耳。……楚
> 《骚》虽忠爱恻怛, 然其妙在荒唐无理, 而长吉诗歌所
> 以得为《骚》苗裔者, 政当于无理中求之, 奈何反欲加

以理耶？理袭辞鄙，而理亦付之陈言矣，岂复有长吉诗歌？又岂复有《骚》哉？

由此可见，"文化大革命"中出版的《李贺诗选注》前言中的观点，虽然打着"批林批孔"的招牌，虽然用的是极左的语调，就李贺诗是否"欠理"这一点，并非完全是自己的独创。清朝董伯音《协律钩玄序》也为李贺辩解说，"长吉诗深在情，不在辞；奇在空，不在色；至谓其理不及，则又非矣。诗者，缘情之作，非谈理之书"。或许，问题的关键还在什么算作"理"，这是李贺研究中一个经常性的话题，曾引发不少议论，有人把它当作思想内容，有人把它当作思维逻辑。极左的观点说穿了是强词夺理，一口咬定"理"就是孔孟之道，就是三纲五常。这实际上是一种蛮不讲理，和古人的反对意见貌合神离，差之毫厘，谬以千里，风马牛不相及。奇文共赏，立此存照：

　　李贺不畏"天命"，不畏"大人"，不畏圣人之言，否定天国的存在，讽刺迷信天神的行为，显示出这位青年诗人敢于向儒家传统观念宣战的反潮流精神。难怪儒家之徒和反动文人要给这个具有叛逆精神的诗人加上

"欠理"的罪名，甚至叫嚣"太无忌惮"，惊呼他的诗歌
"施诸廊庙则骇矣"，这恰恰暴露了这帮孔孟卫道士的凶
恶嘴脸。

《李贺诗选注·前言》

四

世上的诗篇永远不死亡，

世上的诗篇永远不停息。

在《蝈蝈和蟋蟀》中，英国诗人济慈充满激情地写下这样的
诗句。在济慈看来，"美就是真理，真理也就是美"，"一件美的
东西永远是一种快乐"。在谈到李贺的时候，联想到写《夜莺颂》
的济慈是很自然的事情，因为这两个诗人有着两个共同点。他们
都是伟大的天才诗人，都是寿命很短，李贺活到二十七岁，济慈
只活了二十六岁。济慈曾经学过医，但是他放弃了医学，全力以
赴从事诗歌的创作。

李贺比济慈差不多整整早了一千年，影响了后来的无数诗
人。人们学习他的精益求精，有时也确实难免走火入魔。李贺诗

并不是什么人都能学，他诗中的优点和缺点十分明显，像两座高高的山峰一样对峙。不同的人，可以从李贺的诗中看到不同的东西。钱钟书先生随手将李贺写"鸿门宴"的《公莫舞歌》，与刘翰的《鸿门宴》，与谢翱的《鸿门宴》，还有铁崖的《鸿门会》作比较，认为同一题材的诗歌中，谢翱的一首最好。谢是宋遗民，曾参加过文天祥的抗战部队，他的作品风格沉郁，寄寓了对宋室沦亡的悲痛。同样是写"项庄起舞，意在沛公"，同样是写项伯拔剑，用自己的身体保护刘邦，却有两种截然不同的态度。李贺的观点是"材官小臣公莫舞，座上真人赤龙子"，意思是说项庄不要痴心妄想击杀刘邦，刘邦是真命天子，很长的一首诗，遣词造句十分出色之外，只在"真命天子"上大做文章。而谢翱的立意就完全不一样，"楚人起舞本为楚，中有楚人为汉舞"，"君看楚舞如楚何，楚舞未终闻楚歌"。联想起中国的大历史，为元朝灭掉南宋的是降蒙的汉人张弘范，灭宋之后，他自恃有功，特立碑"镇国大将军张弘范灭宋于此"以为纪念。扶助清朝平定江南的是洪承畴，洪不是满人，是汉人，而且是汉人的大官，启关引兵，被满人封为平西王。最后将南明皇帝绞杀的吴三桂也是汉人，是汉人的封疆大吏。换句话说，四面楚歌的悲惨局面，往往是"楚人为汉舞"自己造成的。和李贺词藻华丽的《公莫舞歌》

相比，谢翱的《鸿门宴》更多了一份感时忧国的"世道人心"。

李贺《雁门太守行》差不多是所有选本必入选的一首诗：

> 黑云压城城欲摧，
> 甲光向日金鳞开。
> 角声满天秋色里，
> 塞上燕脂凝夜紫。
> 半卷红旗临易水，
> 霜重鼓寒声不起。
> 报君黄金台上意，
> 提携玉龙为君死。

此诗写气氛可谓是绝唱。据说李贺曾携诗去谒韩愈，门人将诗稿送了进去，韩暑卧方倦，困意蒙眬，准备让门人将李贺打发走，可是他打开递上来的诗稿，首篇便是《雁门太守行》，读而奇之，连忙穿上衣服匆匆赶出去见李贺。韩愈对此诗的具体评价不见文字记载，不过这个故事本身似乎已经说明问题。李贺诗中的想象和比喻永远是第一流的，"长吉耽奇凿空，真有石破天惊之妙"，所谓"创奇出怪以极鬼工者，李昌谷之幽思也"。但是，如果撇开诗高超的艺术性不谈，不难发现此诗的立意，只在"士为知己者死"这一点上。说李贺诗"欠理"，这或许多少也能算是个例子。清朝黎简《黎二樵批点黄陶庵评本李长吉集》，说"长吉诗似小古董，不足贡明堂清庙，然使人摩挲凭吊不能已"，属于差不多的评价。

不管怎么说，一口咬定李贺的诗"欠理"是不准确的。真正欠理的诗不可能让人"摩挲凭吊不能已"。把李贺的诗说成是法家著作，当作"批林批孔"的刀枪使，也是自说自话，是别有险恶用心。李贺出于唐皇室，自称唐诸王孙，虽然是旁系，且已中落，贵族气息免不了，贵族倾向更免不了。不同的人，不同的阅读方式，可以得出不同的结论，说到底，问题还在于怎么去读李贺，李世熊《昌谷集注序》谈到自己的读后感时，便说"李贺所赋铜人、铜台、铜驼、梁台，恸兴亡，叹沧海，如与今人语今事，握手结胸，沧泪涟洄也"。由此可见，钱钟书得出李贺诗缺乏世道人心是对的，李世熊认为李贺"恸兴亡，叹沧海"也是对的。

读艺术作品，贵在有所感慨，仅以一个似是而非的"理"字来评判该不该读，武断地得出李贺属于什么样的作者的结论，显然非常幼稚。或许，读者自己的灵魂深处，有没有世道人心，这才是最重要的。这就好比触景生情，情既在看到风景以后，又更在看到风景之前。同样一本《红楼梦》，"经学家看见《易》，道学家看见淫，才子看见缠绵，革命家看见排满，流言家看见宫闱秘事"，所谓见怪不怪，见奇不奇。读者不能不自以为是，又不能太自以为是。

五

最喜欢李贺的《秋来》，回想当年，这首诗不知被吟诵了多少遍，感叹了多少回。尤其喜欢其中的"思牵今夜肠应直，雨冷香魂吊书客。秋坟鬼唱鲍家诗，恨血千年土中碧"。古人形容悲伤痛苦，有"柔肠寸断"之语，李贺反其道而行之。《李长吉歌诗汇解》解释说：

> 苦心作书，思以传后。奈无人观赏，徒饱蠹鱼之腹。如此即令呕心镂骨，章锻句炼，亦有何益？思念至此，肠之曲者亦几牵而直矣。不知幽风冷雨之中，乃有香魂愍吊作书之客。若秋坟之鬼，有唱鲍家诗者，我知其恨血入土，必不泯灭，历千年之久，而化为碧玉者

矣。鬼唱鲍家诗，或古有其事，唐宋以后失传。

《昌谷集注》则说：

> 安知苦吟之士，文思精细，肠为之直？凄风苦雨，
> 感吊悲歌，因思古来才人怀才不遇，抱恨泉壤，土中碧
> 血，千载难消，此所悲秋所由来也。

二十多年前，少年不识愁滋味，为读新诗强说愁。那年月，穿着油腻腻的工作服，靠在冰冷的铁皮工具箱上，自以为已被这首诗感动了，征服了，时至今日，不愿说当时是矫情，只能说是感触又深刻了几分。我写这篇文章怀念李贺，其实是借题发挥，追忆自己曾经有过的一段生活。恨血千年，土中成碧，前不见古人，后不见来者，毕竟中国只有一个李贺，毕竟世界只有一个李贺。然而一个李贺已经足够，他给了我那么大的恩惠，那么大的安慰，让我永远也感激不尽。

二〇〇一年八月三十一日酷暑中

塞万提斯先生或堂吉诃德骑士

一

伟大的歌德在看了莎士比亚的著作以后，曾经发过这样的感叹，说仅仅是看了一页，就让人终生折服。他形容那种受启示的感觉，仿佛一个生来是瞎子的人，"由于神手一指而突然得见天光"。歌德狠狠地夸奖一番早已不在人间的莎士比亚，说自己因此获得了思想的解放，因此"跳向了自由的空间"，甚至突然觉得自己"有了手和脚"。

歌德对莎士比亚的评价也引起了我深深的感叹。这是一个同行之间的互相敬佩和赞美，是棋逢对手将遇良才的惺惺相惜，我想莎士比亚在天有灵，一定会为有歌德这样的知音感到安慰。当然不仅仅是敬佩，作家之间的赞美和嫉妒往往分不开。歌德把莎士比亚的成功归结为"不受干扰、天真无邪的、梦游症似的创作活动"，认为能产生莎士比亚的那个伟大时代已经结束了，因为到歌德的那个时代，作家必须"每天都要面对群众"。在歌德心目中，作家当时的处境已经十分险恶，"每天在五十个不同地方所出现的评长论短，以及在群众中所掀起的那些流言蜚语，都不容许健康的作品出现"。作为一个功成名就的作家，歌德说到这些话题，就忍不住有些生气，他觉得"一种'半瓶醋'的文化渗透到广大群众之中"，这种文化的普及不仅无助于艺术的发展，恰恰相反，是"一种妖氛"和"一种毒液"，"会把创造力这棵树从绿叶到树心的每条纤维都彻底毁灭掉"。

今天回过头来看歌德时代，犹如歌德当年回首莎士比亚时代。五百年前如此，二百年前也如此，历史总是有着惊人的相似之处。

二

海涅曾自说自话地过了一回评委的瘾，他将戏剧艺术的桂冠颁给了莎士比亚，将诗歌艺术的桂冠给了歌德，剩下的最后一个小说艺术奖项，犹豫了一下，便随手给了塞万提斯。或许正是因为这种并列提名的三巨头关系，我在谈到塞万提斯的《堂吉诃德》之前，首先想到的竟然是莎士比亚和歌德。

我很遗憾自己不能像歌德那样敏锐，一眼就看出一个天才作家的伟大之处。说老实话，充分认识塞万提斯，对于我这种迟钝的大脑来说，显然需要一个漫长的过程。虽然很早就知道海涅对塞万提斯的评价，但是这并不意味着我就赞同这种观点。要认定某个作家排名第一，这并不是件容易的事情。我只记得海涅曾用诗一般的语言来描述《堂吉诃德》，说自己还是一个孩子时，就已经义无反顾地迷恋上了这本书。少年时的海涅还不会默读，他不得不大声地朗读着每一个字，结果小鸟、树木、溪水、花朵，都听到了他念出来的一切：

> 由于这些天真的无邪的生物和孩子一样不懂得讽刺是怎么回事，所以把一切也都这样认真地看待，于是便同我一道哭将起来，分担着不幸骑士的苦难，甚至一棵龙钟的老橡树也不住地抽咽，瀑布则急速地抖动着它的白胡子，像是在那里斥责世风的低下。

我仿佛看到少年海涅正在园子里大声朗读《堂吉诃德》，天气阴郁，灰色的天空飘浮着可恶的云雾，黄色的残叶凄凉地从枝头跌落下来，尚未开放的花蕾上挂着泪珠，夜莺的歌声早已消逝。堂吉诃德经过漫长的漂泊以后，在与白月骑士的决斗中，高高地从马上摔了下来，他没有掀开面甲，就像在坟墓里说话一般，以一种低沉无力的声音宣布，自己心目中的女人才是世界上最美丽的女人，他是地球上最不幸的骑士，不能因为他的无能就不信这个真理。虽然已经被打败了，但是他绝对不能放弃真理。少年海涅读到这一段文字的时候，那颗稚嫩的心都差不多快碎了，他做梦也想不到，在一千多页的著作即将读完之际，自己心目中的勇敢骑士竟然得到了这样一个下场。最让读者接受不了的，是战胜世上最高尚最勇敢的堂吉诃德骑士的人，那个自称白月骑士的家伙，竟然只是一个乔装打扮的"理发师"。海涅显然弄错了，战胜堂吉诃德的不是理发师，而是一个与堂吉诃德同村的乡间学士。在塞万提斯的笔下，那个乡间学士不像农村秀才，更像一名今天的大学生。

我之所以忘不了这一幕，是因为和少年海涅有着深深的同感。这确实是一个煞风景的场面，是孩子们不愿意看见的结局，一个敢与风车搏斗的战士，一个面对狮子面不改色的好汉，最后竟然输给了那位被误解为理发师的乡间学士。这种巨大的反差折磨着小孩子天真的心灵，以至于我一想到堂吉诃德，就忘不了他那副狼狈不堪的愁苦面容。童年记忆的碎片已拼凑不起一个完整真实的想法，我只记得自己最初并不觉得堂吉诃德可笑，对于一个孩子来说，他的智力似乎还不足以理解"可笑"这个字眼。我只是觉得堂吉诃德有点傻，想不清楚他为什么就不明白风车不是魔鬼，不明白狮子会吃人，我顽固地相信，他打不过白月骑士的原因，是他的马还没有遛好，是他刚生过一场大病。而且我一直想不清楚，堂吉诃德为什么不明白走遍天下苦苦追寻的心爱女人，其实就在自己身边，而且这位世界上最美丽的女人不过是一个村姑。

事实上，我最初读到的还不是傅东华先生翻译的《堂吉诃德》，在我的少年时代，这两大册书似乎太厚重了一些。我最先接触的是一本薄薄的小人书，根据苏联电影的拍摄画面编辑而成。所有的画面都是蓝色的，好像是用印蓝纸印出来的一样。我的少年时代曾拥有过厚厚的一叠小人书，它们是我最好的朋友，伴随我走过了寂寞的童年。这些连环画都是父亲在劳动改造时购买的，那时候，他被打成了"右派"，发配到农村大炼钢铁，成天守着土制的小高炉，闲极无聊，便在公社的新华书店一本接一本地买电影连环画。自从我懂事以后，这些连环画就成为父亲送我的最初礼物，而在这一大堆连环画中，给我留下最深刻记忆的只有两本，一本是《堂吉诃德》，一本是《牛虻》。很长时间里，我喜欢堂吉诃德的故事，却不喜欢堂吉诃德本人，不喜欢的原因不是因为他可笑，而是觉得他傻。少年时代更能吸引我的是英雄梦想。在孩子的心目中，英雄可以战胜风车，可以打败狮子。我更愿意自己能成为牛虻那样的人，不仅是我，与我同年龄的一代人，都深陷在英雄主义的泥沼之中。我们喜欢的是红军爬雪山过草地那样的故事，喜欢出生入死最后修得正果的那种革命理想主义。

我记得自从识字以后，最喜欢的读物是解放文艺出版社出版的《红旗飘飘》。

三

我甚至弄不明白我们这代人和八个"样板戏"究竟是什么样的关系。是因为八个"样板戏"造就了一代人的审美情趣，还是一代人的审美情趣造成了八个"样板戏"的横空出世。很长一段时间里，大家并不觉得"高大全"的三突出原则有什么不妥，这就仿佛在西方古典主义时期没有什么人怀疑"三一律"一样。时过境迁，我更愿意把它理解成一种集体的智力低下，事实上，智力低下的现象永远会是一种客观存在，看看今天的电视剧，看看今天的那些文化现象，那些流行的文化观点，看看那些自以为是的精英，说是五十步笑一百步并不夸张。如果坚信今天的认识水准就一定比过去高，这种观点其实未必正确。

今天的读者很少再会去拜读《堂吉诃德》。文科大学生只是为了应付填充考试，才会去注意这本书的书名和作者的生卒年代。《堂吉诃德》在过去就不是一本重要的读物，今天更不是。我常常会做这种没有任何意义的瞎想，自己的青少年时代，如果有电视，有那么多肥皂剧，有那么多精彩的足球赛，我大约也不会兴致勃勃地去读塞万提斯的著作。处在一个没有电视的时代，真说不清楚读者是幸运还是不幸运。读不读《堂吉诃德》也是人生的一种机缘，我的青少年时代是一个文化的大沙漠，外国文学几乎都属于禁书之列，虽然我没有像海涅在花园里读《堂吉诃德》那样的优雅机会，但是幸运的是，我的手头偏偏就有这样一本书，而且我还有一个会写诗的堂哥，他的诗在那个特殊的年代里，让我对塞万提斯先生和堂吉诃德骑士有一种全新的认识。

愚昧的讥笑

无耻的飞沫

廉价的可怜

都不应该属于你的

消瘦的愁容骑士

风沙打着盾牌

枯手托着瘦额

紧握着那将断的长矛

鞭子抽打着可怜的老马

对于你日夜矗立的事业

你疲惫辛苦　那样忠诚

你有正义　有爱恋　有力量　有感情

你的心灵上充实　丰富

你流血了　受尽折磨

淌泪了　历经辛酸

忧郁了　遍尝讥笑

但你是真正的人呵　我觉得

看看世上那些空空的躯壳

他们心灵枯竭就像泥泞的沼泽

没有正义　没有爱恋　没有力量　没有情感

空空的壳呵　像树下一堆蝉皮

在正义面前　他们回避

在爱恋面前　他们撒谎

在力量面前　他们萎缩

在情感面前　他们玩弄

你痴想为受苦人解脱灾难

他们都希望多闭会眼睛

你可以双手托出生命

他们连笑容都不肯施舍

让他们哗然讥笑

你别忧愁　别苦恼　向前去

蓝天下洁白的鹤群只顾飞翔

那有杂心听原野上蟾蜍的轰鸣

愚昧的讥笑

无耻的飞沫

廉价的可怜

都不应该属于你的

消瘦的愁容骑士

（一九六四年十二月十一日）

　　我在诗写完后的差不多第十个年头，才第一次读到这首诗。这时候，堂哥已经三十多岁了，他开导我这个十七岁的堂弟，用一种诗人的狂热为我开窍，一定要我明白过来，仅仅觉得堂吉诃德可笑的想法是不对的，那绝对是一种错误的理解。在小时候，我一直觉得堂吉诃德太傻，稍稍大了一些，多少明白一些事了，又开始觉得堂吉诃德可笑。觉得别人可笑这也是一种不小的进步，就算是到了今天，说起堂吉诃德不觉得可笑几乎也是不可能的，然而在我十七岁的岁月里，我的诗人堂哥却坚持要让处于青春期的堂弟明白，堂吉诃德不仅不傻，而且不可笑。说老实话，他并没有真正地说服我，起码是没有一下子就说服我，当时我更敬佩的是堂哥那首矫揉造作的诗，甚至盖过对《堂吉诃德》本身的喜欢。我所能记住的，是自己正在从英雄主义的泥沼里开始往外走，那时候我已经不喜欢八个"样板戏"了，不喜欢那些国产的"高大全"英雄人物，听见那些高亢入云的喊叫就感到别扭。

正是从十七岁开始，我和流行的文学时尚变得格格不入。我从《堂吉诃德》的阅读中，开始逐渐欣赏到文字的乐趣，开始享受故事。在此之前，堂吉诃德只是电影连环画上的那个形象，高高的，瘦瘦的，留着山羊胡子，还是一个真人扮演的漫画形象。很显然，小说《堂吉诃德》要丰富得多，也要有趣得多，但是正是因为这种丰富和有趣，准确的理解就要复杂和困难得多。说老实话，一下子就读懂堂吉诃德这个艺术形象，显然不是件容易的事情。对于我来说，一切才刚刚开始，要弄明白堂吉诃德还需要一个漫长的过程，要耐着性子把这本厚厚的小说读完，读完之后，还要掩卷深思。说老实话，我是在自己尝试写作以后，才对这本书的理解不断地加深。

对于堂吉诃德的理解并不是一步到位的，要反复看，不断地想，堂吉诃德才会越来越有血有肉，才会成为一个活生生的文学人物形象。我想不仅读者需要这样的一个过程，恐怕连作者也很难排除这种因素。我总觉得，艺术上的很多伟大之处，很可能是在后来才发现的，在刚开始写堂吉诃德的时候，作者大约也没有想那么多，塞万提斯或许只是觉得即将写出来的东西会很有趣，会是一本很好玩的著作，于是就这么一气呵成地往下写了，思绪万千，想到哪写到哪。黄河之水天上来，奔流到海不复回，也许塞万提斯更多地是在想，如何让自己的写作激情淋漓尽致地发挥出来，如何有力地挖苦一下当时流行的骑士小说，正像他在序言中借朋友的口吻夸奖的那样，他的小说只求把故事说得有趣，让人家读了这故事，能"解闷开心，快乐的人愈加快乐，愚笨的不觉厌倦，聪明的爱它新奇，正经的不认为无聊，谨小慎微的也不吝称赞"。

很显然，阅读和写作都有一个共同的起点，这个起点就是有趣，没有趣就没有艺术。没有趣就没有艺术的创造，也没有艺术的欣赏。因为有趣，我们写作，因为有趣，我们阅读。我一向怀疑那些喜欢拿自己作品说大话的人，多少年来，文学的作用总是被别有用心地夸大了，事实上，借助文学作品干不了什么惊天动地的大买卖。离开了有趣，文学可能什么都不是，有趣是坚实的大地，只有在有趣的基础上才能长出参天的大树，有趣是蓝天，只有在有趣的背景下雄鹰才能展翅翱翔。长期以来，无论是写作还是阅读，都有一种直截了当的功利意识在作怪，占着主导地位的都是实用主义思想，这种思想的根基就是利益原则，是看它们有用或者没用，写的人信誓旦旦地说明自己要干什么，像包治百病的药品广告一样，读的人言之凿凿想要得到什么，于是成了胡乱服药的病人。

为什么我们会陷入英雄主义的泥沼？很显然，是相信看多了英雄人物的事迹以后，我们自己也会顺理成章地成为英雄。无论是打算教育别人，还是自己准备接受教育，都有一种走近路的原始冲动。大家似乎都想把原本很复杂的事情弄得非常简单。英雄成为一种冠冕堂皇的借口，而文学艺术作品则简单地成为思想教育的课本，成为一种思想手册。于是阅读和写作便离开了有趣，离开了潜移默化，人物不再生动，情节不再曲折，于是从事写作的人一个个都板着面孔，像课堂上思想僵化的老师，像传教士，索然无味喋喋不休，阅读的人一个个都像正襟危坐的小学生，像无心念经的小和尚，人坐在那里上课，思想早不知跑到哪里去了。

我读大学的时候有个玩得还算不错的朋友，因为是恢复高考才入学，年龄已经不小，或许过去读书不多的缘故，在学校里显得非常着急。他当时脑子里想得最多的，就是如何让自己迅速深刻起来，嘴里反复念叨的也是："我要深刻，我要深刻！"作为一个写小说的人，我虽然会编故事，关于这个同学的事情绝不敢夸张。他知道我家里书多，急吼吼地找到了我，蹭了一顿饭，然后从我那里一下子卷走了一大摞书，有翻译的世界文学名著，有伍蠡甫主编的《西方文论选》，有丹纳的《艺术哲学》，有《莎士比亚评论汇编》，有侍桁翻译的《十九世纪文学之主潮》，有唐人的诗集和宋人的词选，还有一本厚厚的世界名画加上两盘贝多芬的磁带。他对我强有力地挥着拳头，说它们都是最好的精神食粮，好像有了这些玩意，立刻就会充气一样深刻起来。然后便一去不返，仿佛从来没发生过这件事一样，当然不是人消逝了，冤有头债有主，人跑不了，他仍然在你眼前转悠，仍然高喊"要深刻"，但是卷走的那些东西从此易主，就这么强行据为己有。他当时留给我的印象，是天天一大早起来跑步，然后又吃人参，又吃西洋参，又补钙，又输公鸡血，又吃大力丸，又吃伟哥，反正是中了邪的样子，什么书都读，什么书都读不进去。如今我这位朋友已经是个级别不小的官员，官场得意，一有机会就请我吃饭，说起大学时代的故事，往事不堪回首，我没笑，他自己就会先快乐起来。

四

在一个英雄主义流行的年代里，真正读懂《堂吉诃德》是件很困难的事情。我的堂哥对这本名著的解读，仍然也未离开英雄主义的窠臼，但是不得不承认它已是一种十分高明的解读。

《堂吉诃德》究竟是一本什么样的著作呢，毫无疑问，它是一本有趣的书，那些有趣的故事足以引诱大家津津有味地看下去。阅读这样一本书，读者通常不太会去考虑自己正在接受什么思想教育，起码我当年就是这样。有趣符合人类的天性，是人都有追逐有趣之心。是人就会有一种想表达的愿望，是人就会有一种要欣赏的愿望，正是这两种愿望引起了创作和阅读的冲动。堂吉诃德究竟能给我们一些什么样的启发呢，和那些喜欢说大道理的小说不一样，在一开始我们除了觉得有趣之外，好像什么深刻的启示也没有得到。一本好书的本质应该是通俗的，绝不应该在一开始就把读者吓跑。我们看不出主人公有什么高明之处，恰恰相反，读者恨不能跳到小说里去开导那位固执的骑士。我们都会觉得堂吉诃德有些傻，说老实话他真的很可笑，是十足的缺心眼，他和风车搏斗，向狮子挑战，把羊群看作魔鬼，把妓女看作世上最贞洁的女人，解放了一个奴隶，最后却被这个奴隶所诅咒。读者站在一个正常人的角度上观察一切，用世俗的标准衡量着堂吉诃德。读者在阅读的时候，是无动于衷的看客，是个局外人，居高临下，心情愉快而轻松，远离愚蠢和可笑。我们以为自己一下子就读明白了这本书，这样通俗易懂的故事也许根本就不难理解，丝毫没有意识到在轻松有趣的外衣里面，还裹着一个深刻的内容。

就像读完一部长篇小说需要时间和精力一样，真正理解堂吉诃德同样需要付出一些代价，只有当我们耐着性子把小说读完以后，才突然发现原来很多事情并不像读者想得那么简单。不妨再回过头来考察一下作者塞万提斯先生的态度。与我们读者所理解的差不多，塞万提斯似乎也是以一种十分愉快轻松的心情开始他的小说创作。在一开始，堂吉诃德被作者处理成一个不折不扣的小丑，随时随地出洋相，到处洋溢着喜剧气氛。如果我们说，在一开始，塞万提斯只是觉得他写的东西好玩，觉得他的小说可以让读者"解闷开心"，这样会显得是对一部伟大的作品不够恭敬，是歪曲甚或诽谤，但是事实恐怕也就是如此了。读这本书，我最大的体会就是，作者开始时并不认真，他只是越写越认真，越写越当回事。很多伟大的作品都可能这样，在一开始，这是一本反英雄的小说，渐渐地却走向反面，又成了一本新的英雄小说。是写作本身让作家变得深刻起来，塞万提斯本来想说一个与英雄不相干的故事，他的本意是挖苦和调侃风靡一时的骑士小说，"这种小说，亚里士多德没想到，圣巴西略也没说起，西塞罗也不懂得"，而且"不用精确的核实，不用天文学的预测，不用几何学的证明、修辞学的辩护，也不准备向谁说教，把文学和神学搅和在了一起"。但是，正是因为这种漫不经心，传统的英雄定义被颠覆了，新的英雄概念又被作者重新定义。

好的小说，不需要"哲学家的格言"，不需要"《圣经》的教训"。塞万提斯标榜的只是，描写的时候要摹仿真实，摹仿得越真实越好，越亲切越好。他以一种愉快轻松的心情开始说故事，说着说着，问题才逐渐变得严重起来。作家常常是通过写作重新认识生活的，塞万提斯创造了堂吉诃德，堂吉诃德不仅给他带来了写作的欢欣，更重要的是，还带来了思维的乐趣。换句话说，塞万提斯是通过写作《堂吉诃德》，才一步步地看清了堂吉诃德的真实面目，他写着写着，突然发现堂吉诃德与自己原来所设想的并不是完全一样。他发现堂吉诃德再也不仅仅是个滑稽可笑的小丑，而这本书的风格也不再是嘲笑声不断的轻喜剧。问题突然就变得严重起来，人物的性格也开始变得复杂。奇迹是在作家的写作过程中发生的，当塞万提斯重新回到自己写作的出发点，回到讽刺骑士小说的这个逻辑起点时，他突然发现小说的味道已完全改变。

写着写着，堂吉诃德已不再可笑，可笑的只是，我们竟然会傻乎乎地觉得堂吉诃德可笑。我们在笑别人，不知道最该笑的却是我们自己。事实上，只有当我们觉得自己可笑的时候，我们才可能"由于神手一指而突然得见天光"。喜剧最后成了悲剧，成了残酷现实生活的真实写照，塞万提斯突然发现原来最糟糕的一点，竟然是我们都不能理解堂吉诃德。我们都没有意识到堂吉诃德性格中崇高的那一面，或许因为这种崇高不过是借助滑稽来表现的，大家稀里糊涂地便一笑了之。在堂吉诃德身上存在着那种伟大的自我牺牲，而人们在不经意之间嘲笑的恰恰就是这精神。崇高往往可以让那些不崇高的东西原形毕露，就像我堂哥在他的那首诗中描写的一样，我们都是一些空空的躯壳，心灵枯竭就像泥泞的沼泽，没有正义，没有爱恋，没有力量，没有情感，空空的壳呵，像树下的一堆蝉蜕。塞万提斯突然发现在一大堆没有灵魂的人中间，只有堂吉诃德是一个为理想而活着的人，这种人无论是在过去，还是在当时，以及在未来，都显得像濒临灭绝的珍稀动物一样罕见。塞万提斯突然意识到堂吉诃德的可贵，他的可贵在于始终能有信仰，在于全身心地浸透着对理想的忠诚，从来也不准备放弃，虽然投入的是一场注定要失败的战斗，虽然无休止地陷入滑稽可笑甚至是屈辱的境况。

堂吉诃德的伟大之处，是通过笑声来表达一种思想。塞万提斯试图通过笑声，通过一系列的失败，通过种种磨难，表达人类在追求理想时的尴尬境遇，再现我们身陷的普遍处境。我们看到了崇高狼狈不堪的一面，也看到了崇高百折不弯的一面。我们终于在笑声中明白过来，为什么堂吉诃德不愿意放弃，而人类之所以会有今天，艺术之所以能达到这一步，恰恰就是这种不放弃。笑声和可笑之间有着很大的区别，这是打开《堂吉诃德》的钥匙，否则我们将无法解读这部世界文学名著。因此，这不仅是一部有趣的书，而且还是一部有着深刻思想的艺术作品。也就是说，它具备一部好书的两个基本要点，既要有趣，又要有思想。从有趣的码头启程出发，经过艰难跋涉，最后便驶入思想的港湾。艺术就是绕弯子，就是走远路。艺术就是追求那些不可能的事情，在某种意义上来说，艺术家都是堂吉诃德，我们的写作都是和风车决斗，都是和魔鬼较量。事实上，只有经过了痛苦的摸索，经过作家认真摹写，经过读者认真研读，重新回到起点的时候，我们才会有一种柳暗花明的感觉。没有这样的过程，省略了这样的劳动，就没有写作或阅读的快乐。

海涅给了塞万提斯非常高的评价，把他尊为"现代长篇小说之父"，认为他通过撰写一部使旧小说惨遭覆灭的讽刺作品，"为我们称之为现代小说的文学形式提供了一个光辉的范本"。塞万提斯太老了，他与莎士比亚同一年去世，生存年代与写《三国演义》的罗贯中和写《金瓶梅》的兰陵笑笑生相仿佛，那显然是一个十分遥远的过去。李杜诗篇万口传，至今已觉不新鲜，海涅眼里的现代小说，在我们今天挑剔的读者眼里，早就应该属于古典无疑，早就老掉牙了，早就老态龙钟步履蹒跚，但是我丝毫也不认为这些已经属于传统的东西有什么过时和陈旧的地方，真正的艺术品永远都在散发青春光泽，只不过是我们视而不见罢了。

二〇〇三年四月二十三日　河西

重读莎士比亚

一

突然想到了重读莎士比亚，也没什么特别的原因。无聊才读书，一部长篇已写完，世界杯刚结束，天气火辣辣地热起来，躲在空调房间，泡上一杯绿茶，闲着也是闲着，索性再看看莎士比亚吧。看也是随意看，想看什么看什么，想放下就放下。不由得想到了老托尔斯泰，他老人家对于莎翁有着十分苛刻的看法，据说为了写那篇著名的批判文章，曾反复阅读了英文俄文和德文的莎剧全集，与托尔斯泰的认真态度相比，我这篇文章的风格，注定是草率的胡说八道。

时代不同了，虽然十分羡慕托尔斯泰的庄园生活，但是我明白，像他那样静下心来好好地研读一番莎士比亚已经不太可能。今天的阅读注定是没有耐心，我们已经很难拥有那份平静，很难再有那个定力。在过去的一个多月里，我只是重点看了看莎翁的四大悲剧，重读了《哈姆雷特》，重读了《李尔王》，重读了《奥赛罗》，重读了《罗密欧与朱丽叶》，加上读了一半的《麦克白》。重读和初读的感受，肯定是不一样，它让我有了一些感慨，多了一些胡思乱想，这些感慨和胡思乱想，能不能敷衍成一篇文章，我的心里根本没有底。

恢复高考那阵子，一位朋友兴冲冲去报考中央戏剧学院的研究生，这是很大胆的一步棋，很牛的一件事。他比我略长了几岁，已经不屑按部就班去报考本科，只想一步到位读研。据说过关斩将，很顺利地进入了复试，考官便是大名鼎鼎的李健吾先生，我不明白当时身在社科院的李先生，为什么会凑热闹跑到中戏去参加研究生复试。我的这位朋友年轻气盛，在被问及莎士比亚的时候，他大大咧咧地说：

"莎士比亚吗，他的剧本中看不中用，只能读，不适合在舞台上演出。"

朋友落了榜，据说就是因为这个年轻气盛的回答。朋友说李先生是莎士比亚专家，自己在考场上贸然宣布莎剧不适合舞台上演出，就跟说考官他爹不好一样，老头子当然要生气，当然不会录取他。当时是坚信不疑，因为我对李先生也没有什么了解，后来开始有了怀疑，因为知道李先生并不是莎士比亚专家，他研究的只是法国文学，如果真由他来提问，应该是问莫里哀更合适，或者是问拉辛。事情已过了快三十年，这件事就这么不明不白搁在心里。

我第一次真正知道李先生，是在八十年代初期。他给祖父写了一封信，问祖父"尚能记得李健吾否"，如果还没有忘记，希望能为他的即将出版的小说集写个序，或文或诗都可以。信写得很突兀，祖父当时已八十多岁，人老了，最不愿意有人说他糊涂，于是就写了一首诗《题李健吾小说集》：

> 来信格调与常殊，首问记否李健吾。
>
> 我虽失聪复失明，自谓尚未太糊涂。
>
> 当年沪上承初访，执手如故互不拘。
>
> 英姿豪兴宛在目，纵阅岁时能忘乎。
>
> 诵君兵和老婆稿，纯用口语慕先驱。
>
> 心病发刊手校勘，先于读众享上娱。
>
> 更忆欧游偕佩公，览我童话遣长途。
>
> ……

　　祖父花两个晚上，写了这首长诗，共二十韵，四十句。对于一个老人来说，写诗相对于写文章，有时候反而更容易一些，因为写诗是童子功，会就能写，不会只能拉倒。在诗中，祖父交代了与李先生的相识和交往，提到了他的代表作《一个兵和他的老婆》和《心病》，这两篇小说的手稿，最初都曾经过祖父之手校阅。我重提这段往事，不是想在无聊的文坛上再添一段佳话，再续一个狗尾，而是想借一个掌故，说明一个时代，说明一个即将彻底没落的时代。不妨设想一下，今天出版一本小说集，如果用一位老先生的旧体诗来做序，会是多么滑稽可笑。与时俱进，上世纪的八十年代初期，这样的事情还能凑合，或许还能称之为雅，毕竟老先生和老老先生们都还健在。在网络时代的年轻人心目中，五四一代的老家伙，活跃在三四十年代的老作家，与老掉牙的莎士比亚一样，显然都应该属于早该入土的老厌物。如今，像我这样出生在五十年代的作家，也已经被戏称为前辈了。

　　我问过很多同时代的朋友，他们是在什么时候开始阅读莎士比亚的，不同的年龄，不同的职业，回答的时间却惊人一致，都是在七十年代末八十年代初。这是典型的"文革"后遗症，大家共同经历了先前无书可读的文化沙漠时代，突然有了机会，开始一哄而上啃读世界名著。对于我来说，重读莎士比亚，就是重新回忆这段时期，温故而知新。记得我最初读过的莎剧，是孙大雨先生翻译的《黎琊王》。老实说，我根本没办法把它读完，与流畅的朱生豪译本《李尔王》相比，这书简直就是在考察读者的耐心。当时勉强能读完的还有曹禺先生翻译的《柔蜜欧与幽丽叶》，它仍然没有引起什么震撼，在我的印象中，这不过是一个西方版的《梁山伯和祝英台》，相形之下，我更喜欢曹禺自己创作的剧作《雷雨》和《北京人》。在那个被称为改革开放的最初年代，莎士比亚的著作开始陆续再版，一九七八年，朱生豪翻译的《莎士比亚全集》又一次问世，虽然号称新版，用的却是旧纸型，仍然是繁体字，到一九八四年第二次印刷，还是这个繁体字版。

莎士比亚对于中文系的学生，是一个拦在面前的山峰，喜欢不喜欢，你都绕不过去。当时最省力的办法就是看电影，我记得看过的莎剧有《第十二夜》《威尼斯商人》《仲夏夜之梦》《奥赛罗》《哈姆雷特》《安东尼与克莉奥佩特拉》。当然，还有一个更重要的原因，是为了学外语，有一种红封面由兰姆改写的《莎士比亚戏剧故事集》，是那年头学英语最好的课外教材。

二

兰姆的英语改写本，普及了大家的莎士比亚知识，除了常见的那些名剧，我不得不坦白交代，自己对莎剧故事的了解，有很多都是因为这个改写本。除非有什么特殊的原因，通常情况下，我们不会花大力气去阅读剧本。剧本贵为一剧之本，多数情况下也都是说着玩玩。戏是演给别人看的，这是一个三岁孩子都会明白的简单道理，我们兴高采烈走进剧场，找到了自己的座位，享受实况演出的热烈气氛，很少会去探究别人感受，揣摩他们到底看没看过这部戏的剧本。

经常能够上演的莎剧其实并不多，说来说去，不过就是老生常谈的那几部，而且几乎全部是改编过的。改编的莎士比亚，还应不应该叫莎士比亚，已经扯不清楚了。莎士比亚不可能从地底下爬出来与人打版权官司。作为改写大师，兰姆先生自己似乎是最反对改编。他不仅反对改编，更极端的是还反对上演。兰姆的观点与我那位考研落榜的朋友有着不约而同的惊人相似，都认为莎士比亚的剧本，尤其是他的悲剧人物，并不适合在舞台上表演。兰姆认为，演员的表演对我们理解莎剧，更多的是一种歪曲：

我们在戏院里通过礼堂听觉所得到的印象是瞬息间的，而在阅读剧本时我们则常常是缓慢而逐渐的，因而在戏院里，我们常常不考虑剧作家，而去考虑演员了，不仅如此，我们还偏要在我们的思想里把演员同他所扮演的人物等同起来。

翻译兰姆这些文章的杨周翰先生归纳了兰姆的观点：

看戏是瞬息即过的，而阅读则可以慢慢思考；演出是粗浅的，阅读可以深入细致；演出时，演员和观众往往只注意技巧，阅读时则可以注意作家，细味作家的思想；舞台上行动多，分散注意力，演不出思想、思想的深度或人物的思想矛盾；舞台只表现外表，阅读可以深入人物内心、人物性格、人物心理；舞台上人物的感情是通过技巧表演出来的，是假的，阅读才能体会人物的真实感情。

兰姆相信莎士比亚的剧作，比任何其他剧作家的作品，更不适合于舞台演出。这与有人认为好的小说，没办法被改编成好电影的观点惊人一致。兰姆觉得，莎剧中的许多卓越之处，演员演不出来，是"同眼神、音调、手势毫无关系的"。我们通常说谁谁谁的哈姆雷特演得好，高度夸奖某人的演技，并不是说他演的那个哈姆雷特，就完全等同莎士比亚剧本中的哈姆雷特。不同的演员演示着不同的哈姆雷特，他们卖命地表演着，力图使我们相信，他们就是莎士比亚笔下的哈姆雷特，但是事实上他们都不是。一千个人的眼里，有一千个哈姆雷特。对此，歌德的态度也与兰姆差不多，他提醒我们千万别相信戏子的表演，歌德认为只有阅读莎士比亚的剧本，才是最理想最正确的方式，因为：

> 眼睛也许可以称作最清澈的感官，通过它能最容易地传达事物。但是内在的感官比它更清澈，通过语言的途径，事物最完善最迅速地被传达给内在的感官；因为语言是真能开花结果的，而眼睛所看见的东西，是外在的，对我们并不发生那么深刻的影响。

上文中的"语言"，如果翻译成"文字"，或许更容易让人理解，歌德的意思也是说，看戏远不如看剧本。最好的欣赏莎士比亚，不是走进剧场，不是看电影看电视，而是安安静静坐下来，泡上一壶热茶，然后打开莎士比亚的剧本，把我们的注意力停顿在文字上面，手批目视，口咏其言，心惟其义。在歌德看来，莎士比亚想打动我们的，不仅仅是我们的眼睛，而且是为了打动我们内在的感官：

> 莎士比亚完全是诉诸我们内在的感官的，通过内在的感官，幻想力的形象世界也就活跃起来，因此就产生了整片的印象，关于这种效果我们不知道该怎样去解释；这也正是使我们误认为一切事情好像都在我们眼前发生的那种错觉的由来。但如果我们把莎士比亚的剧本仔细察看一下，那么其中诉诸感官的行动远比诉诸心灵的字句为少。他让一些容易幻想的事情，甚至一些最好通过幻想而不是通过视觉来把握的事情在他剧本中发生。哈姆雷特的鬼魂，麦克白的女巫，和有些残暴行为通过幻想力才取得它们的价值，并且好些简短的场合只是诉诸幻想力的。在阅读时所有这些事物很轻便恰当地在我们面前掠过，而在表演时就显得累赘碍事，甚至令人嫌恶。

说白了一句话，莎士比亚的剧本，需要用心去慢慢品味。好货不便宜，只有多读，才能真正地读出味道。读书百遍其意自见，关键还在于仔细阅读。谁都可以知道一些莎剧的皮毛，一部作品一旦成为名著，一旦在书架上占据了显赫的位置，一旦堂而皇之写进了文学史，它就可能十分空洞地成为人们嘴上的谈资，成为有没有文化的一个小资标志。我们所能亲眼看到的大部分莎剧，都是经过了删节，大段的台词被简化了，剧情更集中了，简化和集中的理由，据说并不是因为演员没办法去演，而是观众没办法去欣赏。观众是舞台剧的消费者，消费者就是上帝。上帝的耐心都是有限的，而且难以捉摸，他们感兴趣的不是故事情节，并不在乎已发生了什么故事，不在乎还将发生什么情节，自从莎剧成为经典以后，很少有观众对正在观看的故事一无所知，人们只是在怀旧中欣赏演员的演技，在重温一部早已心知肚明的老套旧戏。这一点与中国京戏老观众的趣味相仿佛，我们衣着笔挺地走进剧场，不过是一种奢侈的消费行为，是一件雅事。

三

俄国的两位大作家，都情不自禁地对莎士比亚发表了自己的看法。屠格涅夫借批评哈姆雷特，对莎剧颇有微词，他的态度像个绅士，总的来说还算温和。托尔斯泰就比较厉害，他对莎士比亚进行了最猛烈的攻击，口诛笔伐，几乎把伟大的莎士比亚说得一无是处。有趣的是，他们的观点与法国作家雨果形成了尖锐对比。两位俄国作家的认识，与法国人雨果显然水火不容，一贬一褒，雨果对莎士比亚推崇备至，把莎剧抬到一个让人瞠目结舌的地位。

这显然与雨果的浪漫主义小说观点有关。上世纪八十年代初，大学课堂上用的课本，不是以群的《文学概论》，就是蔡仪的《文学概论》。无论哪个课本，都太糟糕，都没办法看下去。我始终闹不明白，大学的课堂上，为什么非要开设这么一门莫名其妙的课程。让我更不明白的，是当时还会有很多同学乐意在这门味同嚼蜡的功课上下功夫。虽然一而再地逃学，我耳朵边仍然不时地回响着现实主义和浪漫主义之类的教条。它们让人感到厌倦，感到苦恼，我弄不明白什么是现实主义，什么是浪漫主义，那时候不明白，现在依然不太明白。

以我的阅读经验，浪漫主义大致都推崇莎士比亚，现实主义一般都对莎士比亚有所保留。这可以从作家的喜恶上看出门道，托尔斯泰觉得莎剧"不仅不能称为无上的杰作，而且是很糟的作品"，雨果则认为莎士比亚是"戏剧界的天神"。今天静下心来，再次阅读莎士比亚，仿佛又听见我的前辈们在喋喋不休，依然在维护着他们的门户之见。读过托尔斯泰小说的人，很容易明白他为什么不喜欢莎士比亚。在托尔斯泰的小说中，语言要精准，情节要自然，可以有些戏剧性，甚至可以大段地说教，但是绝不能太夸张，过分夸张就显得粗鄙和野蛮。现实主义小说在骨子里，和古典主义的戏剧趣味不无联系，它们都有着相同的严格规定。

莎剧是对古典主义戏剧的反动，现实主义小说又是对莎剧的反动。这是否定之否定，事实上，很多法国作家对莎士比亚并不看好，就像他们不看好雨果的《艾那尼》一样。或许正是因为这个缘故，浪漫派的领军人物雨果，要热烈赞扬和极度推崇莎士比亚：

> 如果自古以来就有一个人最不配获得"真有节制"这样一个好评，那么这肯定就是威廉·莎士比亚。莎士比亚是"严肃的"美学从来没有遇见过的而又必须加以管教的最坏的家伙之一。

雨果用"丰富、有力、繁茂"来形容莎士比亚，在雨果的眼里，莎士比亚的作品是丰满的乳房，有着挤不完的奶水，是泡沫横溢的酒杯，再好的酒量也足以把你灌醉。

　　他的一切都以千计，以百万计，毫不吞吞吐吐，毫
不牵强凑合，毫不吝啬，像创造主那样坦然自若而又挥
霍无度。对于那些要摸摸口袋底的人而言，所谓取之不
尽就是精神错乱。他就要用完了吗？永远不会。莎士比
亚是播种"眩晕"的人，他的每一个字都有形象；每一
个字都有对照；每一个字都有白昼与黑夜。

　　莎剧的不适合在舞台上表演，会不会与它太多地播种"眩晕"
有关。与观看舞台剧相比，静下心来阅读剧本，要显得从容得多。
当我们跟不上舞台上的台词时，可以停下来琢磨一下为什么，可
以反复地看上几遍。剧场里的一切，都会显得太匆忙，一大段令
人"眩晕"的台词还没有完全听明白，人物已经匆匆下场了。然
而，剧场里那种"眩晕"的感觉，在阅读时能不能完全避免呢。
换句话说，莎剧在剧场里遇到的问题，在观众心目中产生的尴尬，
阅读剧本时是不是就可以立刻消失。我们在对剧本叫好的同时，
是不是也会从内心深处感到太满，感到过分夸张，而这种太满和
夸张，是不是就是托尔斯泰所说的那种"粗鄙和野蛮"。

四

说到底，还是要看我们以一种什么样的心情去看待莎士比亚。莎士比亚太老了，我们的阅读心态却总是太年轻。对于中国的读者来说，有时候，误会只是不同的翻译造成的。比较不同的译本，几乎可以读到完全不一样的莎士比亚。我们都知道，在文学艺术的行当里，诗体和散文体有着非常大的不同，卞之琳先生在翻译《哈姆雷特》的时候，为了保持原文的"无韵诗体"的风格，译文在诗体部分"一律与原文行数相等，基本上与原文一行对一行安排，保持原文跨行与中间大顿的效果"。结果我们就见到了这样一些奇怪的句式，哈姆雷特在谴责母亲时说：

> 嗨，把日子
> 就过在油腻的床上淋漓的臭汗里，
> 泡在肮脏的烂污里，熬出来肉麻话，
> 守着猪圈来调情——

要想保持诗的味道，并不容易，卞先生的译文读起来很别扭，相比之下，翻译时间更早的朱生豪译本反而顺畅一些：

　　嘿，生活在汗臭垢腻的眠床上，让淫邪熏没了心
窍，在污秽的猪圈里调情弄爱——

　　朱生豪的译文是散文体，它显然更容易让大家接受。事实
上，我们今天所习惯的莎士比亚，大都源自他的译本。不妨再比
较下面一段最著名的台词，丹麦王子自言自语，在朱生豪笔下是
这样的：

　　生存还是毁灭，这是一个值得思考的问题；默然忍
受命运的暴虐的毒箭，或是挺身反抗人世的无涯的苦难，
通过斗争把它们扫清，这两种行为，哪一种更高贵？

　　卞之琳则是这样翻译的：

　　活下去还是不活：这是问题。
　　要做到高贵，究竟该忍气吞声，
　　来容受狂暴的命运矢石交攻呢，
　　还是该挺身反抗无边的苦恼，
　　扫它个干净？

诗体和散文体的差异显而易见。谁优谁劣，很遗憾自己不能朗读原文，说不清其中的是非曲直。当年老托尔斯泰一遍遍读了英文原著，在原著的基础上，比较俄文和德文读本，此等功力，如何了得。据说德文译本是公认的优秀译本，孙大雨先生在《黎琊王》的序中，就对其进行过赞扬。与大师相比，我只能可怜巴巴地比较不同的莎士比亚中文译本，而这其中十分优秀的梁实秋译本，因为手头没有，也无从谈起。

就我所看到的译文，显然是朱生豪的译文最占便宜，最容易为大家所接受。要再现原文的韵味，这绝不是一件轻易就可以做到的事情。散文体的翻译注定会让诗剧大打折扣，但是，仅仅翻译成分了段的现代诗形式，也未必就能为莎剧增色。曹禺先生曾翻译过《柔蜜欧与幽丽叶》，以他写剧本的功力，翻译同样是舞台剧的莎士比亚剧，无疑是最佳人选，但是他的译笔让人不敢恭维，譬如女主角的一大段台词，真不知道让演员如何念出来：

　　你知道黑夜的面罩，遮住了我，

　　不然，知道你听见我方才说的话，

　　女儿的羞赧早红了我的脸。

　　我真愿意守着礼法，愿意，愿意，

愿意把方才的话整个地否认。

但是不谈了，这些面子话！

……

我是太爱了，

所以你也许会想我的行为轻佻

但是相信我，先生，我真的比那些人忠实，

比那些人有本领，会装得冷冷的。

我应该冷冷的，我知道，但是我还没有觉得，

你已经听见了我心里的真话，

所以原谅我，

千万不要以为这样容易相好是我的轻狂，

那是夜晚，一个人，才说出的呀。

分了行的句子不一定就是诗，擅长写对话的曹禺，与诗人卞之琳相比，同样是吃力不讨好。同样的一段话，还是朱生豪的散文体简单流畅：

幸亏黑夜替我罩上了一重面幕，否则为了我刚才被你听去的话，你一定可以看见我脸上羞愧的红晕。我

真想遵守礼法，否认已经说过的言语，可是这些虚文俗礼，现在只好一切置之不顾了……我真的太痴心了，也许你会觉得我的举动有点轻浮；可是相信我，朋友，总有一天你会知道我的忠心远胜过那些善于矜持作态的人。我必须承认，倘不是你乘我不备的时候偷听去了我的真情的表白，我一定会更加矜持一点的，是黑夜泄露了我心底的秘密，不要把我的允诺看作是无耻的轻狂。

静下心来仔细想想，时过境迁，伟大的莎士比亚的作品，或许不仅不适合在舞台上表演，甚至也很难适合于现代的大众阅读。剧场里发生的心不在焉，同样会发生在日常的阅读生活中。演员们自以为是的滔滔不绝，让我们心情恍惚，翻译文字个人风格的五光六色，让我们麻木不仁。除非认真地去比较，去鉴别，否则我们很可能被一些糟糕的翻译，弄得兴味索然胃口全无。很难说影响最大的朱生豪译文就是最佳，毕竟用散文体来翻译莎士比亚，只是一种抄近路的办法，虽然简单有效，却产生了一种人为的非诗的质的变化。

我读过吕荧先生翻译的《仲夏夜之梦》，也读过方平先生翻译的《莎士比亚的喜剧五种》，总的印象是比朱生豪的译本更具有诗的形式和味道，但是典雅方面都赶不上。就个人兴趣而言，我更愿意接受朱生豪的译本，朱生豪和莎士比亚，犹如傅雷和巴尔扎克，在中国早就合二为一，要想在读者心目中再把他们强行分开已很困难。成也萧何，败也萧何，因为朱生豪的散文笔法，莎士比亚不再是一位诗人，他的诗剧也成了地道的散文剧。基于这个原因，与朱生豪几乎同时期的孙大雨译本，便有了独特的地位。有比较才能有鉴别，在我所读过的莎剧译本中，似乎只有孙大雨的翻译，能与朱生豪势均力敌。

事实上，最初我并没有读出孙大雨译文的妙处，他强调的是节奏，将那种诗的节奏，称为音组和音步。在他看来，诗不仅仅是分行，不仅仅是押韵，最关键的是要有诗的节奏。在新诗流行的二十世纪，这样的诗歌观点会引起写"自由诗"的人公愤，不自由，毋宁死，好好的一首诗岂能戴着镣铐去跳舞。同时也让老派的人不满，不讲究平仄也罢了，连韵也敢不押，还叫什么狗屁的诗。老李尔王在遭到第一个女儿背叛的时候，有一段很著名的诅咒，朱生豪是这样翻译的：

听着，造化的女神，听我的吁诉！要是你想使这畜生生男育女，请你改变你的意旨吧！取消她的生殖的能力，干涸她的产育的器官，让她下贱的肉体里永远生不出一个子女来抬高她的身价！要是她必须生产，请你让她生下一个忤逆狂悖的孩子，使她终身受苦！让她年轻的额角上很早就刻了皱纹；眼泪流下她的面颊，磨成一道道沟渠；她的鞠育的辛劳，只换到一声冷笑和一个白眼；让她也感觉到一个负心的孩子，比毒蛇的牙齿还要多么使人痛入骨髓！

在这段译文中，朱生豪连续使用了感叹号，不这样，不足以表现出李尔王的愤怒。孙大雨的翻译却完全是另外一种味道，他极力想再现莎剧原作的五音步素体韵文：

听啊，／造化，／亲爱的／女神，／请你听／
要是你／原想／叫这／东西／有子息，／
请拨转／念头，／使她／永不能／生产；／
毁坏她／孕育／的器官，／别让这／逆天／
背理／的贱身／生一个／孩儿／增光彩！／
如果她／务必要／蕃衍，／就赐她／个孩儿／
要怨毒／作心肠，／等日后／对她／成一个／

暴戾／乖张／不近情／的心头／奇痛。／

那孩儿／须在她／年轻／的额上／刻满／

皱纹；／两颊上／使泪流／凿出／深槽；／

将她／为母／的劬劳／与训诲／尽化成／

人家／的嬉笑／与轻蔑；／然后／她方始／

能感到，／有个／无恩义／的孩子，／怎样／

比蛇牙／还锋利，／还恶毒！／……

把每一句分成五处停顿，据说这是莎剧诗歌的基本特点，读者喜欢也罢，不喜欢也罢，这样的翻译，今日阅读起来，难免别扭，但是对于理解原剧的诗剧性质，了解原剧风格的真相，却不无帮助。同时，强调诗的节奏，也不失为理解诗歌的一把钥匙。我们必须明白，常见的朱生豪式的散文化翻译，那种大白话一般的长篇道白，那种充满抒情意味的短句子，并不是莎士比亚原有的风格。这就仿佛为了便于阅读，白居易《长恨歌》已被好事者改成了散文，后人读了这篇散文，习以为常，结果竟然忘了它原来的体裁是诗歌。买椟还珠的事情是经常发生的，在西方人眼里，在西方文学史上，莎士比亚不仅仅是伟大的戏剧家，同时，也是一个非常重要的诗人。

诗是不能被别的东西所代替的。诗永远是最难翻译的。诗无达诂，而且不可能翻译。把西方的诗，翻译过来很难再现神韵，把东方的诗，贩卖到西方也一样。这注定是一个很大的遗憾。其实，就算是同一种语言，古典诗歌也仍然是没办法译成白话。根据这个简单道理，那些动不动就拿到国外或者拿到国内来的著名诗歌，它们的精彩程度，都应该打上一个小小的问号。

五

重读莎士比亚，有助于当代的诗人们重新思考。什么是诗，诗是什么，生存还是毁灭，确实是值得思考，值得狠狠地吵上一场架。作为一个小说家，事实上，我不过是拿莎士比亚的剧本当作小说读。至于是应该去看舞台剧，还是关起门来潜心研讨剧本，或者仔细比较译笔的好坏，热烈地讨论它们像不像诗剧，这些都不是我想说的重点。人难免有功利之心，难免卖什么吆喝什么，我想我的前辈雨果和托尔斯泰，基本上也是这个实用主义的态度。隔行如隔山，在一个自己所不熟悉的领域，胡乱地插上一脚，只不过是因为自己有话要说，是典型的借题发挥，都是想借他人的酒杯，浇灭自己心中的忧愁。

无聊才读书，有时候很可能只是个幌子。很显然，莎剧是可以当作不错的小说读本来读的，它的夸张，它的戏剧性，它的有力的台词，对于日益平庸的小说现状，对于小说界随处可见的小家子气，不失为一种良好的矫正。基于这个出发点，我既赞成托尔斯泰对莎士比亚的批判，也赞成雨果对莎士比亚的吹捧。有则改之，无则加勉，矫枉必须过正。现代小说变得越来越精致，越来越苍白，越来越无力，这时候，加点虎狼之药，绝不是什么坏事。

有一位学书法的朋友，对我讲到自己的练字经历。一位高人看了他的字以后，说他临帖功夫不错，二王和宋四家的底子都算扎实，可惜缺少了一些粗犷之气。往好里说，是书卷气太重，每一个字都写得不错，都像回事，无一笔无来历，笔笔都有交代，往不好里说，是没有自己的骨骼，四平八稳，全无生动活泼之灵气。世人尽学兰亭面，欲换凡骨无金丹。有病就得治，不能讳疾忌医，而疗效最好的办法，或许便是临碑义学汉简，反差不妨大一些。先南辕而北辙，然后再极力忘却自己写过的字。

漫长的夏天就要结束了，一大堆夹带着霉味的莎士比亚剧本，即将被重新放回原处，成为装饰书橱的一个摆设。不知道该怎样评价自己的这次阅读，是还是不是，困扰着丹麦王子的问题，似乎也在跟我过不去。重温莎士比亚，对我的文风能否起到一点矫正作用，恐怕一时也说不清楚。良药苦口，金针度人，如果可能，我愿意让莎士比亚的作品，也成为可供临摹的碑文汉简，彻底洗一洗自己文风的柔弱之气。转益多师，事实上一个人读什么，不读什么，既可以随心所欲，又难免别有用心。人可以多少有些功利之心，但是也不能太世俗，欲速则不达，明白了这道理，我们的心情便可以顿时平静下来。

不管怎么说，赤日炎炎，躲在空调房间里，斜躺在沙发上，重读古老的莎士比亚，还是别有一番情趣。阅读从来就是人生的一种享受，在回忆中开始，在回忆中结束，人生中有太多这样的不了了之。莎剧中的那些著名场景，哈姆雷特与鬼魂的对话，《麦克白》中令人不寒而栗的敲门声，奥赛罗在绝望中扼死了苔丝狄蒙娜，罗密欧关于爱情的大段念白，再次"通过语言的途径"，完善并且迅速地开花，结果，它们又一次打动了我，打动了我这个已经不再年轻的读者。

二〇〇六年九月六日　河西

《少年维特之烦恼》导言

歌德出生的时候，中国的曹雪芹正在埋头写《红楼梦》。满纸荒唐言，一把辛酸泪，等到歌德开始撰写《少年维特之烦恼》，曹雪芹早已离开人世。从时间上来说，少年维特开始风靡欧洲之际，《红楼梦》一书也正在坊间流传，悄悄地影响着中国的男女读者。很显然，相对于同时期的欧洲文化界，歌德已是一位对中国相对了解更多的人，但是事情永远相对，由于时代和地理的原因，西方对东方的了解并不真实，自始至终都难免隔膜和充满误会。欧洲当时推崇的中国诗歌和小说，差不多都是二流的，甚至连二流的水准也达不到。没有任何文字资料，可以证明歌德对曹雪芹的《红楼梦》有所了解，虽然歌德的家庭一度充满了中国情调，他家一个客厅甚至用"北京厅"来命名。

歌德时代欧洲的中国热，不过是一种上流社会追逐异国情调的时髦，在《歌德谈话录》一书中，歌德以令人难以置信的热烈口吻说：

> 中国人在思想、行为和情感方面几乎和我们一样，使我们很快就感到他们是我们的同类人，只是在他们那里一切都比我们这里更明朗，更纯洁，也更合乎道德。在他们那里，一切都是可以理解的，平易近人的，没有强烈的情欲和飞腾动荡的诗兴……

这些对于欧洲人来说似乎很内行的话，有意无意地暴露了歌德对中国文化的无知。歌德心目中，中国人的最大特点，是人和自然的和谐，金鱼总是在池子里游着，鸟儿总是在枝头跳动，白天一定阳光灿烂，夜晚一定月白风清。中国成了一个并不存在的乌托邦，成了诗人脑海里的"理想之国"。歌德相信，除了天人合一的和谐，中国的诗人在田园情调之外，一个个都很有道德感，而同时代的"法国第一流诗人却正相反"。为了让自己的观点更有说服力，歌德特别举例说到了法国诗人贝朗瑞，说他的诗歌并非完美无瑕，"几乎每一首都根据一种不道德的淫荡题材"。

歌德被德国人尊称为"魏玛的孔夫子"，这种称呼在明白点事的中国人看来，多少有些莫名其妙。事实上，歌德并不是什么道德完善的圣人，他也不相信仅仅凭单纯的道德感，就能写出第一流的诗歌。任何譬喻都难免有缺陷，说歌德像孔夫子，更多的是看重文化上的地位。以诗歌而论，歌德更像中国的杜甫，他代表着德国古典诗歌的最高境界，以小说而论，说他像写《红楼梦》的曹雪芹，也许最恰当不过。歌德被誉为"奥林帕斯神"，是"永不变老的阿波罗"，与大成至圣文宣先师的孔子相比，他更文学，更艺术。

歌德生前曾相信，他的小说不仅风靡了欧洲，而且直接影响到了遥远的中国。杨武能先生《歌德与中国》一书中，援引了歌德的《威尼斯警句》，从中不难看到歌德的得意：

德国人摹仿我，法国人读我入迷，

英国啊，你殷勤地接待我这个

憔悴的客人；

可对我又有何用呢，连中国人

也用颤抖的手，把维特和绿蒂

画上了镜屏

这又是一个想当然的错误，如果歌德明白了大清政府的闭关锁国政策，明白了当时耸人听闻的文字狱，他就会知道在自己还活着的时候，古老和遥远的中国绝不可能流行维特和绿蒂的故事。此时的大清帝国处于康乾盛世尾声，正是乾嘉学派大行其道之时，对于中国的读书人来说，无论诗歌还是小说，都是不算正业的旁门左道。歌德并不真正了解东方的中国，而中国就更不可能了解西方的歌德。歌德的伟大，在于已经提前预感到了世界文学的未来，他相信在不远的未来，世界各国的文学将不再隔膜，那时候，不仅西方的文学将相互影响，而且神秘美妙的东方文学，也会加入世界文学的大家庭中来。歌德近乎兴奋地对爱克曼说，他越来越相信诗是人类的共同财产，随时随地正由成千上万的人创造出来，任何人都不应该因为写了一首好诗，就夜郎自大地觉得自己了不起。歌德充满信心地发表了自己的宣言，他认为随着文学的发展，单纯的民族文学已算不了什么玩意，世界文学的时代正在来临，每一个从事文学创作的人，"都应该出力促使它早日来临"。

中国人知道歌德，起码要比歌德了解中国晚一百年。有趣的是，经过专家学者的考订，虽然零零碎碎可以找到一些文字数据，证明歌德这个名字早已开始登陆中国，然而歌德作品的真正影响，并不是来自遥远的西方欧美，而是来自不很遥远的东方日本。歌德并不是随着八国联军的洋枪大炮闯入中国的，在"中西为体，西学为用"的思想基础上，中国人向西方学习的动机，首先是"富国强兵"，是"船坚炮利"的物质基础，其次才是精神层面的文学艺术。以古怪闻名的辜鸿铭先生也许是最早知道歌德的中国人，他在西方留学时，曾与一个德国学者讨论过歌德，话题是这位大师是否已经开始过气，而他们的结论竟然是完全肯定。在辜鸿铭笔下，歌德最初被翻译成了"俄特"，所谓"卓彼西哲，其名俄特"。

最初有心翻译介绍歌德作品的中国人，应该是马君武和苏曼殊，这两位都是留日学生。王国维和鲁迅在各自的文章中，也曾以赞扬的语调提到过歌德，他们同样有着留日的背景。不管我们愿意不愿意，不管我们相信不相信，中国的现代化进程一直都与近邻日本紧密联系。他山之石，可以攻玉，我们似乎已习惯了跑到邻居家去借火沾光，革命党人跑去避难，年轻有为的学生跑去求学，为了学习军事，为了学习文学或者科学。最终引起了战争也好，输入了革命思想也好，反正这些都是值得研究的课题。说到底，歌德在中国的真正走红，无疑要归功于郭沫若在一九二二年翻译出版的《少年维特之烦恼》，而郭之所以会翻译，显然又与他留学东洋期间，这本书在日本的家喻户晓有关。众所周知，歌德最伟大的作品应该是《浮士德》，但是要说到他的文学影响，尤其是对东方的影响，恐怕还没有一本书能与《少年维特之烦恼》媲美。

不太清楚郭译《少年维特之烦恼》之后，中国大陆一共出版了多少种译本，影响既然巨大，数量肯定惊人。也许多得难以统计，根本就没办法准确计算，经过上网搜索，只查到了一位日本学者统计的数字，迄今为止，在日本一共出版了四十五种《少年维特之烦恼》，这是个惊人数字，却很容易一目了然地说明问题。任何一本书，能够产生广泛的影响，通常都有产生影响的基础。研究西方文学对中国文学的渗透，不难发现，很长一段时间内，歌德的影响力要远远大于其他作家。时至今日，读者对外国文学的兴趣早已五花八门，同样是经典，有人喜欢英国的莎士比亚，有人喜欢法国的巴尔扎克，有人更喜欢俄国的托尔斯泰或者陀思妥耶夫斯基，还有人喜欢各式各样的诺贝尔文学奖得主，但是，以五四新文化运动为特征的现代文学，却一度被《少年维特之烦恼》弄得十分癫狂，年轻的读者奔走相告，洛阳顿时为之纸贵，由"维特热"引发为"歌德热"，显然都是不争的历史事实。

回顾上世纪发生在中国的"歌德热"，无疑以两个时期最为代表。一是五四之后，这是一个狂飙和突飞猛进的时代，思想的火花在燃放，自由的激情在蓬勃发展，郭沫若译本应运而生，深受包办婚姻之苦的年轻人，立刻在维特的痛苦中找到了知音，在维特的烦恼中寻求答案。爱情开始被大声疾呼，热恋中的男女开始奋不顾身，少年维特的痛苦烦恼引起了一代年轻知识分子的思考。一是粉碎"四人帮"之后，经过了十年的文化浩劫，启蒙的呼唤声再次惊天动地地响起，世界文学名著在瞬间就成为读者争相购买的畅销书，一九八二年歌德逝世一百五十周年之际，纪念活动达到了前所未有的高潮，"歌德与中国·中国与歌德"的国际学术讨论会在当时的西德海德堡召开，中国派出了以冯至为首的代表团，冯是继郭沫若之后，歌德研究方面的最高权威。

比较两次不同时期的"歌德热"，惊人的相似中，还是能够发现某些不一样，譬如在五四以后，《少年维特之烦恼》在读者市场几乎是一枝独秀，它成了追逐恋爱自由的经典读本，引来了为数众多的模仿者。这得力于当时新文化运动的社会风气，得力于当时的青春豪情与热血冲动，正好与歌德写完小说的那个时代相接近，维特的遭遇深入人心，文学革命最终引发了社会革命。上世纪八十年代的歌德热却呈现出了多样性，一方面，作为世界文学名著，歌德再次赫然出现在书架上，与其他的一些世界文学大师相比，他的作品虽然也畅销，但是并没有什么明显的压倒优势。在过去，歌德的作品更容易与年轻人产生心灵感应，有着强烈的现实意义。在今天，与阅读其他大师的作品一样，更多的只是为了提高文学修养，具有重读经典的意味。这是个只要文学名著就好卖的黄金时代，而在歌德的一系列作品中，又以《少年维特之烦恼》的销量最大，各式各样的译本也最多，无论印多少都能卖出去，但是说到影响力，已很难说是最大。歌德所预言的那个世界文学时代终于到来了，据资料统计，中国进入新时期以来，歌德作品的翻译品种、数量、销量都达到了前所未有的高度，除了《少年维特之烦恼》，其他的作品恐怕都很难说是畅销。

为什么到了今天，歌德的《少年维特之烦恼》还会有那样的生命力。这显然与读者有关，文学作品的最大阅读人群，从来都是涉世未深的年轻人。以今天的习惯用法，"少年"维特其实应该是"青年"维特，当初郭沫若翻译的时候，用的只是汉语的古意，古人称"青年"为"少年"，与今人所说的少年儿童并不是一个意思。少年不识愁滋味，这个少年就不是指小孩。"少年中国"和"少年维特"，都是非常具有五四特征的词汇，这里的少年特指青春年华意气风发的青年人，与幼稚的孩童无关。《少年维特之烦恼》在过去拥有读者，在现在仍然还能拥有读者，根本原因就是在于它能够被年轻人所喜爱。无论时代如何发展，无论科学如何进步，年轻人总是有的，年轻人的追求和烦恼也总是有的，只要有年轻人，有年轻人的追求和烦恼，《少年维特之烦恼》就一定还会有读者。

此外，从世界文学相互交流的角度去考察，同样是歌德的作品，为什么《少年维特之烦恼》会比更具有人性深度的《浮士德》更容易受到读者欢迎，除了前者很好地迎合年轻人的阅读心理，恐怕也与散文体更容易翻译和诠释有关。毫无疑问，世界文学的交流一方面势不可挡，但是不同的语言之间，仍然还会存在着难以逾越的障碍。诗无达诂，小说比较容易再现原著的神韵，只要故事大致不太离谱，翻译者就比较容易传达创作者的本意，读者也比较容易把握，而讲究韵律的诗歌就大不一样。中国的好诗很难翻译到国外去，欧洲的好诗同样也难以翻译成中文。虽然歌德的《浮士德》已出现了好几个中文译本，可是读者在接受叙事诗风格的《浮士德》时，总是不能像接受《少年维特之烦恼》那么来得直截了当。

二百三十三年前，二十五岁的歌德奋笔疾书，只用了四个星期，就完成了《少年维特之烦恼》。从此以后，这部小说一直在影响着世界，感动着后来的年轻人。重庆出版社重点引进了企鹅版世界文学名著，这是一套非常优秀和具有广泛影响的丛书，它的选目的权威性早已不容置疑。作为世界文学经典的《少年维特之烦恼》，很自然地应该名列其中，并且排在第一批名单里。面对年轻一代读者，在大量的世界文学名著翻译面前，如何选择一套既经典又权威的版本，如何配备最精致最优美的译文，确实是一件极其为难却又必须认真去做的事情。好的丛书从来都是充满智慧，它代表着一种相对比较成熟的阅读趣味。众所周知，企鹅经典在它的原产地英国所以大获成功，是因为把经典阅读带给了普罗大众，而此次重庆出版社和企鹅的合作，战略目标却是另一个思路，那就是把企鹅经典在中国的购买对象，界定为受过良好教育、有一定鉴赏力的人群。换句话说，必须与时俱进，必须针对图书市场，随着中国经济实力的崛起，大胆地走先提高后普及的道路，应该不是一个冒险的尝试。

二〇〇七年四月十七日　河西

雨果难忘

一

　　雨果显然不是法国最好的小说家，却是第一位让我如痴如醉，让我爱不释手的法国作家。我抄了许多雨果著作中的格言，这些格言直接影响了我的世界观。毫不夸张地说，如果没有雨果，没有《悲惨世界》，没有《九三年》，天知道我会变成什么样子。今天的中学生，很难想象"文化大革命"中的读书生活。那是个文化的沙漠，读什么书，都得躲起来偷偷欣赏。喜欢读书的人在那个时代是怪物，十有八九的图书馆都被关闭了，书架上供人阅读的都是政治读物，或是大批判文章，或是"样板戏"剧本。世界文学这一概念，在当时似乎不存在。

　　我读的第一本雨果著作是《笑面人》。一个中学生，一个渴望读书又没有书读的中学生，捧起了《笑面人》，立刻被小说中迎面而来的人情味吸引住了。当时有个经常被批判的词组今天已经听不见，那就是"资产阶级人性论"，雨果的罪状正好是宣扬这种所谓的人性论。

　　我们家藏着差不多所有翻译过来的雨果著作。"文化大革命"初期，这些书都被抄家抄去了，隔了几年，因为翻修房子，没地方放，又退还给我们。刚开始，还没有被"解放"的父亲不让我读书，尤其不许读翻译过来的外国小说。他不想让我接触这些禁书，藏书曾经是父亲的命根子，是他一生中引以为自豪的东西。也正是因为读了这些书，被灌输了书中的思想，他才有幸成了一名"右派"。

　　父亲不让读，我就自己偷着读。《笑面人》只是我无意中的发现。从《笑面人》开始，一发而不可收，我一本接一本地偷看雨果的著作。记得最先摘抄的是雨果的诗，然后是《死囚末日记》，然后是《布格—雅加尔》，然后是《巴黎圣母院》，然后是《悲惨世界》，最后是《九三年》，雨果有些矫情而且过于外露的诗句，高度戏剧性的情节，充满哲理的格言和对话，让我十二分的激动。雨果的作品对于我来说，成了文化沙漠中的绿洲，我像今日的追星族那样，完全被雨果的人道主义思想光芒所折服。我当时不能想象还会有比雨果更伟大的作家。

雨果最辉煌的著作是《悲惨世界》，当时还没有全译本，只出了四卷，最后一卷，由于"文化大革命"的突然开始，也许还积压在了出版社。反正没有了这最后的一卷，我为可能有的结尾，做过种种猜想。一本你喜欢的书，不能知道它的最终结局，实在是一种折磨。多少年以后，我对雨果的热情已经消失，这带着结尾的最后一卷才姗姗出现，时过境迁，我已不想再读它了。

雨果的著作中，我最喜欢的是《九三年》，真是一边读，一边流眼泪。因为父亲不让我读外国小说，我便在夜里偷偷地读。那时候正好睡在书房里，父亲根本管不住我。他很快便发现我的大胆妄为。当时他戴罪工作，替剧团写那种永远也不可能写好的剧本，天天开夜车，有时写得难受了，便下楼散步。他站在窗外，不声不响地看我读书，有时忍不住了，便敲敲玻璃窗。

有趣的是，父亲的禁令表面上很严厉，但在雨果的魅力面前，很快就对我名存实亡。他明知道我半夜里看书，第二天就跟没事一样，也不戳穿。敲了好几次玻璃窗以后，有一次，他一本正经地审问我：

"你在看什么书？"

我笑着说没看什么。

他板着脸说："哼，没看什么！"

这事就算过去。吃饭时，父亲会莫名其妙冒出一句，说你又瞎看书了。说了也就说了，来势不凶，我也不在乎。书照样要看，越看越入迷，越入迷越忘乎所以，终于有一天忍不住，老气横秋地对父亲说，雨果的《九三年》是世界上最伟大的书。

父亲说了什么，我已记不清。说什么都不重要，对我来说当时最重要的是雨果。

二

以上的文字写于一九九四年二月三日，关于雨果，我确实还有许多话可以说。不知道现在的学生还喜欢不喜欢在小本子上摘抄名人格言，我小时候摘抄得最多的大约就是雨果的警句。在雨果的著作中，到处都是闪烁着思想光芒的句子，你只要拾蘑菇似的弯下腰来，立刻俯拾即是，不一会工夫便是满满一箩筐。如果有人问中学生最适合看什么样的世界文学名著，我会毫不犹豫地告诉他读雨果。

雨果的作品是最好的少年文学读物，这么说，丝毫没有轻视的意思。我始终认为雨果的小说对青少年世界观的形成，有很大的好处。写到好处的时候，顿时有些不安，因为我一向认定，以利益为准则诱惑别人读书是不对的。这是把一件本来十分高尚的事情弄得庸俗化了，民不畏死，奈何以死惧之，我不过是说说个人的经验，王婆卖瓜，自卖自夸，你可以相信，也可以不相信。记得我看了《笑面人》以后，就抄了这样一些精句，譬如"要国王有什么用？你们把王族这个寄生虫喂得饱饱的，你们把这条蛔虫变成了一条龙"。又譬如"一个赤身裸体的女人，就是一个全面武装的女人"，大约是这些意思，因为我已经找不到当年的那个小本子，而书橱里的《笑面人》早不知哪去了，《悲惨世界》也不在了，这恰好证明我喜欢向别人推荐雨果，并且深受卖弄其害。一个处于青春期的孩子摘抄了这样的句子，他的母亲看了显然不会太乐意，尤其是在"文化大革命"那样的背景下。事实也是如此，小时候因为喜欢看小说，喜欢看外国小说，我母亲常常叹气，说我跟堂哥学坏了，她觉得我小小的脑袋瓜里，都是资产阶级的思想。

但是我仍然要说雨果的作品对中学生有好处。有人说，"文革"一代人都是吃狼奶长大的，这话我并不完全同意。起码我身边有不少人都是在孜孜不倦地读世界名著，在谈雨果，在谈巴尔扎克，在谈陀思妥耶夫斯基。那时候，一本好书可以悄悄流传，大家废寝忘食，真正地用心去阅读，不像今天，中学生就知道应付考试，玩电子游戏机，世界文学都搁在书架上做样子。我记忆最深的是《九三年》，上中学的时候，因为没什么事可做，我对这本书简直是到了如痴如醉的地步。现在一想起来都觉得好笑，当时真是一面流眼泪，一边在摘抄。这本书中有着大量精彩的对话，大段大段的对话几乎全是慷慨激昂的演说辞，一说就是一页两页，它们对我的影响远远超过了教科书。虽然已经过去了几十年，我仍然还会梦到那个辉煌的最后场景，这是《九三年》的结尾部分，太阳高高地升了起来，郭文高傲的头颅被按在断头台上，痛苦不堪的西穆尔登拔出手枪，在最后关头，用一粒子弹洞穿了自己的心脏。那是一个让孩子可以放声痛哭的壮丽场面，一连多少天，我都感到心里堵得难受，以至于上课的时候，老师在黑板前有气无力地讲工业基础知识，我的心思却好像还在刑场上，耳朵边仍然回响着子弹呼啸的声音。

雨果的小说洋溢着火一样的激情，他的文字从一开始就在燃烧，从头燃烧到尾。对于中学生来说，没有什么比这更值得一读。就小说吸引人的程度来说，除了雨果，我印象深刻的还有这样一些作家的作品，譬如高尔基的自传三部曲，譬如大仲马的

《三个火枪手》和《基督山伯爵》，譬如金庸的武侠作品，这些小说，都是逼着你要一口气读完。如果我是程度不高的中学生，你不拿真正好玩的东西来引诱，我才不会上当。我绝不会因为别人说了几句漂亮的大话，用棍棒逼着我，或者给我吃了一块糖，就会硬着头皮去啃那些看不下去的文学名著。平心而论，你不能说卡夫卡的小说不好，你不能说福克纳的小说不是国际水平，可是一定要唆使中学生去读他们的小说，效果恐怕只能是适得其反。你显示了你的学问，结果却是把中学生的胃口搞坏掉了，让孩子得了厌食症，结果你以后再说什么，他们也不会相信你。

寓教于乐实在是迫不得已的事情。不仅是对于中学生，对于天下所有识字的人，大约都是这个道理。捆绑不成夫妻，立刻成亲也必须本人愿意才行。由于年龄不同，生活经历不同，文化程度不同，对"乐"的感受也不尽相同。我想适合中学生看的读物不外乎两个要求，一是要好看，要让中学生爱不释手，最适合的例子就是雨果。另外一个是要有思想，要有教育意义，这同样首推雨果。当然，前一个要求更重要，因为说老实话，我还真的很少看到一点教育意义都没有的图书。只要是个写文章的人，心里多少都会有些救世的浅薄想法，世界上最没道理的人，也喜欢在文章中说道理，说那些没有道理的道理。对于中学生来说，最重要的还是让他们狼吞虎咽地往下看，而且有一点真是可以放心，孩子的天性都是好的，好东西绝对可以吸引他们，对好东西，孩子们往往比我们更容易感动。

三

记得我当时也曾很喜欢《嚣俄的情书》，嚣俄就是雨果，这是一种比较古老的翻译，看上去怪怪的。在我的中学生时代，爱情可是一个不太好的字眼，那年头好像谁都不敢说这个词。今天的人说起"人道主义"理直气壮，头头是道，然而在当年，通通都是"资产阶级人性论"。雨果和他的小情人定情的时候，他才十七岁，小情人十六岁，这岁数就是搁在今天，也应该算是早恋了。早恋也没耽误了这位伟大的作家，两家虽然是世交，双方大人并不是很赞成这桩婚事。爱情非得有些波澜曲折才有意思，这雨果大约天生是要当作家的，只要逮着了一个写作机会，他的才华立刻就展现了出来。要知道，写情书也能够提高写作水平，而且非常有效，从定情到结婚，也就三年多一点，雨果写给未婚妻的信，竟然可以编成厚厚的一本书。在这些火一般的情书中，雨果对他的未婚妻解释着什么叫诗：

诗，是德的表现。良好的灵魂和华美的诗才几乎是分不开的。诗是人灵魂里发出来的，它可以用善良的行为，也可以用美丽的辞句表现出来。

雨果对于诗做出了自己的解释。他认为诗存在于思想里面，而思想出自灵魂。在雨果看来，爱的伟大并不比诗逊色，诗句不过是穿在健美身体上的漂亮外衣。健美的身体再配上漂亮外衣，这是雨果作品最好的写照。在雨果的情书中，有着大量充满了哲理的好句子，或者说有着数不清的"漂亮外衣"。不妨想一想，他那时候也就只是十七岁多一些，警句格言张口就来，思想的火花像暴风雨中的闪电一样闪个不停。面对如此才华横溢的少年，如果我是一个女孩，也会想要迫不及待地嫁给他。偷看一个人的情书，似乎是一件不道德不光彩的事情，但是我当时还是忍不住偷窥之欲。很显然，雨果在写这些情书的时候，并没有想到后人会看到它们。这些信像熊熊燃烧的烈火，结果我一边读着信，一边也移情别恋，陷入到了与自己毫不相干的爱情之中。

我曾对你写了一封长长的信，阿黛勒啊，它是伤感的，我把它撕了去。我写它，因为你是世间唯一的

一个我可以很亲切地谈着一切我的痛苦和一切我的疑

惧的人⋯⋯

这好像是我自己在给心爱的女孩子写情书。显然是版本太老的缘故，翻译的句子疙疙瘩瘩。受这些句子的影响，一度我的文字风格也是这样弯七扭八。雨果的情书和他的小说是同一种风格，不管三七二十一地倾诉着，仿佛从来也不知道什么叫节制。在雨果的小说中，始终洋溢着情书一样的激情，对于中学生来说正是这种激情诱惑着他往下看。《巴黎的秘密》的作者欧仁·苏在读了《巴黎圣母院》以后，写信对雨果大唱赞歌，他觉得雨果无论是在表达思想方面，还是遣词造句方面，都显得太奢侈，太豪华，或者说是太浪费。欧仁·苏告诉雨果，批评他的人很像是五层楼上的穷人，他们高高在上，看见楼下一个大阔佬在任情挥霍，十分恼火，怒不可遏地说，这家伙一天所花的钱，够我用一辈子了。欧仁·苏这是变着法子拍马屁，以此来证明雨果小说的内容丰富。

"卓越的天才自来便引起卑鄙的妒忌和荒谬的批评，"欧仁·苏安慰雨果说，"没有办法，先生，光荣是要付出代价的。"

事实上，欧仁·苏并没有说到点子上。或许他只是透露出了一个信息，就是作为同行，他羡慕甚至有些嫉妒雨果的成功，而且也蠢蠢欲动，琢磨着自己应该怎么样写。奢侈和豪华正是雨果成功的秘诀，读者爱不释手恰恰也是因为这一点。《巴黎圣母院》的影响是空前的，一版接着一版地印刷，出版商接踵而来，要求雨果为他们提供新的作品，雨果应付不了，于是只好胡乱弄几个书名蒙人。在《巴黎圣母院》之后，雨果宣称与之有关的两部后继作品预告了三十年，最后连影子都没见到。这样的例子在文学史上十分少见，我一直不太明白雨果为什么不乘胜追击，大写特写长篇小说，而是见好就收，一歇差不多三十年。雨果并没有果断地抓住战机，迅速巩固胜利成果，占领小说家的高地，却轻而易举地放过了这个大好机会，结果反倒是别人后来居上，在《巴黎圣母院》问世的十年之后，欧仁·苏推出《巴黎的秘密》，一炮而红，成为当时比雨果更有名的小说家。

四

也许是因为诗歌和戏剧在当时更能给雨果带来声誉。雨果似乎不屑于在小说上与人争短长，对别人的成功他无动于衷，在《巴黎圣母院》之后的三十年中间，雨果主要是写诗歌和戏剧。这是一个巨大的谜团，我始终没有真正地解开过。另外有一种说法，那就是雨果其实一直偷偷地在和欧仁·苏较劲，《巴黎的秘密》获得了比《巴黎圣母院》更大的成功，雨果要写，就一定要写一部能压过它的作品，因此这一憋就是三十年。这三十年中，欧仁·苏渐渐江郎才尽，盛极而衰，最走红的作家交椅让给了大仲马。这三十年中，还有不可一世的巴尔扎克，像工业生产一样，创作了一大批有力的作品。就一个小说家而言，雨果可以说是大器晚成，笑到了最后。在小说创作领域，他成名早，成器晚，虽然不到三十岁的时候，已写出了自己的成名作《巴黎圣母院》，但是在三十年以后，到六十岁的时候，不急不慢地推出了另一部更伟大的作品《悲惨世界》，才确定了自己小说家的霸主地位。这以后，他一发不可收，又写了《海上劳工》，又写了《笑面人》，最后是《九三年》。一步一个脚印，每一步都扎扎实实，都让人惊叹。

写完《九三年》，雨果已是一个七十岁的老人。作为一个普通读者，不会去想为什么在《巴黎圣母院》和《悲惨世界》之间，有着三十年的一大段空白。这是一个可以研究的课题，我对它产生兴趣，或许与自己也是作家有关。世界上并没有什么无缘无故的事情，事实上，和巴尔扎克不一样，和很多优秀的小说家不一样，雨果差不多快到六十岁，才将自己文学创作的全部辎重，投入到了小说的主战场上。在此之前，他挥霍掉的东西实在太多了一些。在最年富力强的三十年里，雨果更大的兴趣只是在戏剧和诗歌方面，对于他来说，两者常常可以合二为一，他戏剧中的台词就是现成的诗。这期间，雨果不过是有一些断断续续的小说念头，断断续续地写了一些小说的章节。戏剧给他带来了巨大的声誉，《艾那尼》之争成为文学史上的大事，成为浪漫派戏剧战胜古典派戏剧的经典战役。在当时，一个戏剧作者要比小说家光彩夺目得多。

声誉和光彩最直接的后果，就是金钱和美女的双双获得，雨果曾是一个模范的丈夫，一个合格的父亲，可是成功导致他变成了一个不折不扣的花花公子，变成一个让人瞠目结舌的老色鬼。除了没完没了地和女演员勾勾搭搭，雨果似乎没有放过一切可以到手的机会，他不放过那些崇拜者，不放过女佣，不放过街头的流莺，甚至将自己学生的女儿也据为己有。虽然有一种解释，认为雨果之所以会这样疯狂，是报复自己的妻子与人通奸，而且与当时的社会风气分不开。关于这个话题，我没有多少话可讲，想说的只是自己曾一直以为雨果在道德方面是个完人，因为最初我只是通过小说来认识他，在他的小说中充满了正义，满纸深刻的思想。文如其人这句话真不能太当回事，我忘不了自己初读《雨果传》时的震惊，做梦也不会想到心目中那个一身正气的作家，在私生活方面会如此不堪。雨果对名誉的追逐，对权力的向往，让所有崇拜他的人都觉得心里很受伤。因此，我虽然赞成中学生读雨果的小说，却坚决反对中学生读关于他的传记。

雨果的文学道路几乎包括了十九世纪，他比巴尔扎克小三岁，与大仲马同年，可是比他们谁都活得更长。现在大多数人常常念叨雨果的重要原因，还是因为他的长篇小说，但是雨果活着的大多数日子里，更让他露脸大出风头的，却是那些并不怎么样的戏剧。那些充满诗意的戏剧今天大都不被接受，那种夸张，那种过分的戏剧冲突，已经不可能再入观众的法眼。事实上早在当时，雨果的戏剧就已经乐极生悲，从流行的顶峰一下子跌落下来。他从来都是一个充满争议的人，他的戏剧上演时，永远是嘘声和掌声同在，在一开始的交战中，每次都是掌声最后占了上风，但是渐渐地，他的戏剧终于失去了号召力。我说这些，并不是轻视戏剧艺术，而是遗憾雨果未能把自己更多的精力放在小说上。戏剧观众的热情左右了雨果先生，剧场里的欢呼声让他忘乎所以，以至于他根本就看不到潜在的小说读者的热切愿望。在雨果的晚年，巴黎举办万国博览会，为了展示法兰西民族最优秀的东西，又一次重演了《艾那尼》，又一次引起轰动，但是这种轰动充其量也就是一次浪漫主义戏剧的回光返照，人们再次热烈鼓掌，不是因为《艾那尼》的内容，而仅仅是因为《艾那尼》拥有的那段历史，仅仅是为了向小说家雨果欢呼，这时候，他的《悲惨世界》和《海上劳工》正处于洛阳纸贵的地步。

幸好雨果在晚年突然想到了他的小说读者。三十年的小说创作空白加上文人无行，种种一切，都没有阻拦他晚年的火山爆发。雨果此时又一次用雄伟的小说为自己奠定了更结实的根基。在过去，雨果是法国最重要的诗人，最重要的戏剧家，现在，他在前面的两个头衔之外，又稳稳地获得了第三个头衔。他现在是法兰西最重要的小说家，是全世界最重量级的小说家。雨果身上的小说才能，经过三十年的积累，像火山一样喷发了，他一下子就登上了顶峰，一挥手就把那些强劲的对手都掀翻了。《悲惨世界》的诞生是长篇小说历史中的一件大事，雨果名利双收，这之前，拉马丁、大仲马、欧仁·苏，无论是谁写小说赚的钱都比他多，现在终于轮到雨果出一口恶气，他不仅自己获得了丰厚的稿酬，也让出版商狠狠赚了一大票。

虽然我曾经被雨果年轻时写的《巴黎圣母院》所吸引，但是毫无疑问，更能吸引我的还是他晚年那一连串强有力的小说。如果没有晚年的这些小说，没有《悲惨世界》，没有《笑面人》，没有《九三年》，雨果对我来说就没什么意义。没有晚年的小说，雨果不可能跻身大作家之林，《巴黎圣母院》太浪漫了一些，写这本书的时候，雨果太年轻了，因为年轻，所以稚嫩。一个伟大的作家只有一部这样的书是远远不够的。当然，年轻并不意味什么都错。这个世界永远是属于年轻人，年轻曾是雨果的本钱，年轻人又是他要征服的对象。雨果属于那种为年轻人写作的作家，为年轻人写作也让他的写作心态永远保持年轻，这也是雨果为什么在晚年还能大写特写的秘密。事实上，当我被"多产作家"这个恶名烦扰的时候，就情不自禁地会想到雨果，就会想到多写并不是什么大不了的错误，关键还在于是否能够写好。晚年的雨果居然还能青春焕发，这常常给我一种要努力写作的信心，我佩服雨果那种一往无前的勇气，《悲惨世界》出版之前，出版商希望删去其中的一些议论，雨果坚决拒绝了，他信心十足地说：

　　轻快肤浅的喜剧只能获得十二个月的成功，而深刻的喜剧会获得十二年的成功。

　　这个观点无疑是正确的，事实证明，雨果的长篇小说即使是在一百二十年之后，仍然还是成功的艺术作品。

五

早在《巴黎圣母院》刚出版的时候，已进入垂暮之年的歌德便在同爱克曼的谈话中，表达了对这本书的不满。歌德认为它"完全陷入当时邪恶的浪漫派倾向"，觉得自己必须花很大的耐心，才能忍受他在阅读中感到的恐怖。在已经八十多岁的歌德眼里，年轻气盛的雨果是多产和粗制滥造的代表，说他在一年之内，居然写出了两部悲剧和一部小说，因此不可能不越写越糟糕。

> 何况这部书是完全违反自然本性，毫不真实的！他写的所谓剧中角色都不是有血有肉的活人，而是一些由他任意摆布的木偶。他让这些木偶做出种种丑脸怪相，来达到所指望的效果。这个时代不仅产生这样的坏书，让它出版，而且人们还觉得它不坏，读得津津有味，这究竟是一个什么样的时代啊！

这些指责虽然一针见血，却失之偏颇。歌德太老了，他看不

惯雨果的横空出世，结果只愿意表扬雨果"描绘细节很擅长，这
当然还是一种不应小看的成就"。文学每当出现一些新鲜玩意的
时候，都可能导致这样那样的批评，浪漫派小说出现时是这样，
写实派小说出现时也是这样。如果是在中学时代，读到歌德的批
评文字，我一定会跟他结下私仇。那时候，我无法想象还有比雨
果更好的小说家。可是等我知道歌德这些批评的时候，已经快大
学毕业了，当时不要说浪漫派小说已吸引不了我，现实主义小说
也早就不入法眼了。我满脑子都是现代派小说，再也犯不着跳出
来为雨果打抱不平。说老实话，一个人的阅读趣味，并不是一成
不变的。一个人自有一个人的看法，时间变了，环境变了，以往
的那些感觉就不会再有，喜新厌旧也就在情理之中。尤其当你也
开始脚踏实地地进行创作，对写作这件事有了切身感受以后，过
去很多观点都会发生根本的改变。时至今日，我对雨果的看法，
已经一变再变又变。要让我还像中学生时代那样去读雨果的作
品，已绝对不可能，我不止一次尝试过重读雨果，可是每次都半
途而废。过去，在雨果的小说中，我不断地得到启发，一次次被
感动，现在，却是不断地看出问题，到处都能发现毛病。

歌德批评雨果很重要的一点，是因为"除美的事物之外，他
还描绘了一些丑恶不堪的事物"。显然，最让歌德反感的就是敲

钟人加西莫多这一艺术形象。我并不赞成歌德的观点，事实上，他所说的那些缺点，在我看来都不是什么问题。丑陋的事物可以进行描绘，这已经不用讨论，多产更不是罪名。有很多例子都足以证明，多产和少产与写作质量并没有什么直接关系。多和少都可能写好或写坏，简单地以数量来评论好坏，其实都是非常外行的话。写作是一种燃烧，不同的人不同的创作方式，发出的热能也不尽相同。很显然，雨果也知道要创造出"有血有肉"的人物来，谁都知道写出来的人物像木偶一样不对，按照我的想法，这些浅显的道理雨果不是不懂，而是不知道在技术上如何才能达到。不光是雨果，整个十九世纪的大作家，都或多或少地存在着这方面的问题。歌德作为一块火眼金睛的老生姜，轻而易举地就发现雨果的稚嫩之所在，在这一点上，后来的读者很容易与伟大的歌德达成一致。

十九世纪文学与二十世纪文学相比，在塑造和表现人物的技术层面上，显然要逊色得多。写作水平和阅读水平是互动的，在水平都已经提高的今天，我们会自以为是地觉得雨果小说只适合打动中学生，实际上可能连这简单的目的都达到不了，因为今天的中学生根本不屑看雨果。这是一个很难说出口的事实真相。这个真相足以提高我们的自信，让人狂妄，又会让我们感到尴尬，感到无所适从。作为写作者，现代小说家的技术在突飞猛进，技巧已成为一个喋喋不休的话题，然而自我燃烧的能力却在明显降低。作为阅读者，审美的趣味提高了，胃口也变得更加挑剔，被感动的程度却降到了最低。二十世纪的文学获得了技术，却失去了十九世纪的生机勃勃。二十一世纪的文学前景看不出有任何好转的迹象，社会在进步，书店里的图书在一天天增加，然而无论阅读还是写作，在原始冲动方面似乎都出现了严重障碍。技术的进步不可能解决一切难题，有时候，进步反而会成为一种累赘，变得腐朽无力，就好像美食理论不能解决食欲不振，性技巧改变不了阳痿状态，技术越来越发达，离文学的本性也越来越远。有些困难，就算是雨果重新活过来，恐怕还是解决不了。或许正因为这些，热爱文学的人，阅读或写作，生在雨果时代是幸运的，生在那时代的法国更加幸运。

二〇〇三年四月二十九日　河西

想起了老巴尔扎克

一

初读老巴尔扎克是在一九七四年，那一年我十七岁，脑子里最美好的小说家是维克多·雨果。我阅读了雨果的大多数作品，如痴如醉地在本子上胡抄乱画。十七岁这一年对我文学上的长进至关重要，意味着我正在告别浪漫主义小说，步入更为广阔的新小说世界。那是读书无用的年代，我高中刚毕业，没有大学可以上，没有工作，对前途既不悲观也不乐观，时间多得像是百万富翁。在祖父的辅导下，我同时读了巴尔扎克的《高老头》和托尔斯泰的《战争与和平》。那个年代像我这年纪，读完《战争与和平》可不是件容易的事，实际上这部人类史上最伟大的史诗，我读到第三卷就再也读不下去了。我不明白祖父说的"好"与"了不起"究竟藏在什么地方。

使我爱不释手的是《高老头》，这本书要好看得多，很轻松地就读完了，从头至尾趣味盎然。对于一个十七岁的文学少年来说，名作家巴尔扎克如此容易接受，真让人想不到。我一连读了好几本巴尔扎克的小说，有的好看，有的并不好看。差不多全是傅雷翻译的，扉页上有毛笔留下的笔迹，毕恭毕敬地写着他的名字，那是他送给祖父的签名本。记得还有北大教授高名凯的译本，和傅译比起来，简直就是云泥之别。

巴尔扎克诱惑我的时间并不长久。我开始大量地阅读世界名著，目的不是想当作家，甚至也不是为了提高所谓的文学修养。我拼命读名著的直接原因，就是想在和别人吹小说的时候，立于高人一等的不败之地。说起来真是好笑，巴尔扎克当时只是我吹牛的资本和砝码。真正迷恋巴尔扎克是我自己开始写小说，那已是七十年代末，我从一个无知的文学少年，过渡为一个货真价实的文学青年。读了太多的二十世纪小说以后，我自以为是地认定十九世纪的小说已经完全过时，满脑子海明威、福克纳、萨特、加缪，开口现代派、意识流、新小说、黑色幽默。时至今日，我最喜欢的仍然是美国小说，二十世纪的美国小说生气勃勃，充满了创新意识。然而完全出于偶然，老掉牙的巴尔扎克，突然给了我一种全新的刺激。我重读了《欧也妮·葛朗台》，让人吃惊不已的是，在这部极其简单的小说中，竟然蕴藏了丰富的、绝不简单的东西。

巴尔扎克最容易给人们留下某种错觉，仿佛他只会批判现实，老是在喋喋不休地谴责金钱，好像对钱有着刻骨仇恨，虽然事实上他和同时代的人一样爱钱如命，并且让人失望地追逐功名。我第一次在巴尔扎克的小说中读到了全新的思想，这全新的思想就是人们嘴里已经谈得有些可笑的爱。在许多注明爱情小说的书本里，我们读到的是人的欲望，是灰姑娘的故事翻版，是市民的白日梦，甚至是偷鸡摸狗的掩饰。爱在崇高的幌子下屡屡遭到污辱。《欧也妮·葛朗台》引起了我对巴尔扎克一种新的热情。我情不自禁地又一次读了令人震惊的《高老头》，又一次读了《幻灭》，读了《贝姨》，读了《搅水女人》。傅雷的译本像高山大海一样让我深深着迷。我不止一次地承认过，在语言文字方面，傅雷是我受惠的恩师。巴尔扎克的语言魅力，只有通过傅译才真正体现出来。是傅雷先生为我提供了一个活生生的巴尔扎克。

在字里行间，在汪洋恣肆的语言宫殿里，在一个对理性世界充满怀疑的年代，我开始重新思索老掉了牙的爱。从表面上看，欧也妮付出的代价是爱，得到的却是不爱，"这便是欧也妮的故事，她在世等于出家，天生的贤妻良母，却既无丈夫，又无儿女，又无家庭"。作为一名极普通的女子，欧也妮的爱使人终于想起圣母玛利亚，正如高老头对女儿的爱让我们想起基督一样，在巴尔扎克的笔底下，爱是无理智，无条件。爱是一道射向无边无际世界的光束，它孤零零奔向远方，没有反射，没有回报，没有任何结果。爱永远是一种可笑幼稚的奉献。欧也妮"挟着一连串善行义举向天国前进"，小说的意义根本不在于表现谁是否得到爱，也不仅是表现谁有没有付出爱，巴尔扎克在无意中探讨了爱的本意，探讨了爱的尴尬处境，探讨了爱的最后极限。高老头对女儿的爱和女儿对他的不爱，这对矛盾关系揭示了人类令人失望的事实真相，爱并不会因为无结果就失去夺目的光辉，金钱可以使爱扭曲，荣誉地位可以使爱变形，然而爱的本意却永远也不会改变。巴尔扎克对于今天的读者来说，的确有些太古老。他那高度写实力透纸背的技巧今天看来已经有点啰里啰唆。但是我却在他的作品中读到了最具有现代小说意义的特征，读到了最古老话题的新解释。重读巴尔扎克使我获益匪浅，无论是欧也妮，还是高老头，还是于洛男爵夫人，还是伏脱冷，或者是拉斯蒂涅，或者是吕西安，我得到的理解就是，就像弗洛伊德发现情欲可以作为一种原动力一样，虽然巴尔扎克发现金钱欲的巨大作用，但是他的小说首先是爱，其次才是批判或者别的什么东西。

对巴尔扎克的入迷使我有机会想入非非，再也没有什么比罗丹的雕像更能抓住巴尔扎克的本质。那是一个被睡眠折磨得无可奈何的大师神态，他被莫大的幻想迷惑和惊吓，蒙眬的睡眼，嘴唇紧闭，一头失魂落魄的乱发，抖动他的病体就像抖动他的那件睡衣一样。这是一架疯狂的写作机器，仿佛传说中的那位令人惊骇的独眼怪物。他以非凡的创造力建构了一个全新的世界，巴尔扎克是这个凭空创造出来的奇迹世界的君王，正如勃兰兑斯极力赞美的一样，他拥有自己的国度，那里像一个真正的国家一样，有它的各部大臣，它的法官，它的将军，它的金融家、制造家、商人和农民，还有它的教士，它的城镇大夫和乡村医生，它的时髦人物，它的画家、雕刻家和设计师，它的诗人、散文作家、新闻记者，它的古老贵族和新生贵族，它的虚荣而不忠实的情人、可爱而受骗的妻子，它的天才女作家，它的外省的"蓝袜子"，它的老处女，它的女演员，它的成群结队的娼妓。

巴尔扎克所创造的世界成了后来无数作家的梦想。一个固定的文学词汇产生了，这就是"巴尔扎克式的野心"。是否具有不同凡响的创造力，成了我们检验一个好作家的唯一标准。除了令人眼花缭乱的众多人物之外，巴尔扎克小说形式的多样化，同样让后来的作家感叹不已自愧不如。他不是仅靠一两部小说维持自己声誉的小说家，他的绝技生龙活虎般地体现在他的一系列作品中。就像一滴水也能反射出太阳的光辉一样，巴尔扎克的好小说中几乎都有震撼人心的场面，都有几个了不起的人物，它们都具有原始质朴的纯情，都以一种永不疲倦的执着和追求而不朽。

自从文学上出现了巴尔扎克以后，要想成为大作家，再也不是一桩轻而易举的事。"巴尔扎克式的野心"刺激着那些在文学上试图能有一番作为的人。小说作为一门独立的科学，一门独立的艺术，正在越来越博大精深，越来越趋于成熟和完整。巴尔扎克是小说史上最耀眼的一块里程碑。我常常不知不觉地陷入痴想，想入非非头昏脑涨，目瞪口呆不知所措。因为有了伟大的巴尔扎克，我们可怜兮兮的脑袋瓜里，我们那支胆战心惊的笔，还能够制造出一些什么样的小说来，"我们还能怎么写"这个命题将折磨我们一辈子。

二

以上文字写于很多年前，因为当时没有记录日期，现在似乎已很难考证，记得是为《艺术世界》杂志的约稿而作，我说自己谈不了什么艺术问题，就谈谈巴尔扎克吧。重温旧作，不由得想到了巴尔扎克的葬礼，那是我大脑中挥之不去的一连串的意象，仿佛亲历者一样清晰。和雨果辉煌的葬礼相比，巴尔扎克的葬礼实在是太寒酸。在这个寒酸的葬礼上，不但冷清，而且匆忙，茨威格在《巴尔扎克传》中写道：

> 在倾盆大雨之中他的尸体被送到墓园里去。他的妻子当然是不太了解他的内心的，因为除了雨果之外，还有亚历山大·仲马，圣提-柏夫和巴洛兹部长来执绋。这三个人之中没有一个和巴尔扎克有亲切的友谊。圣提-柏夫曾经是他的最恶毒的敌人，他所真正怀恨的唯一敌人。

或许正是因为这个原因，雨果在巴尔扎克的墓地面前，作了一番言辞激烈的演说。这篇著名的演说辞被选进了今天的中学课本，每当我想起对一个作家最好的评价时，就情不自禁会想到这篇文章。雨果给了巴尔扎克极高的评价，作为小说家同行，他知道自己这一次绝不是什么例行公事的阿谀奉承。在这种冷清和匆忙的气氛中，雨果知道他必须大声地说些什么，这位擅长演讲的小说家用诗一般的语言宣布：

> 唉！这位惊人的、不知疲倦的作家，这位哲学家，
> 这位思想家，这位诗人，这位天才，在同我们一起旅居
> 在这世上的期间，经历了充满风暴和斗争的生活，这是
> 一切伟大人物的共同命运。今天，他安息了。他走出了
> 冲突与仇恨。在他进入坟墓的这一天，他同时也步入了
> 荣誉的宫殿。从今以后，他将和祖国的星星一起，熠熠
> 闪耀于我们上空的云层之上。

很难说雨果与巴尔扎克之间有什么亲切的友谊。巴尔扎克逝
世的时候只有五十一岁，这位不知疲倦的作家终于走到生命的尽
头。在雨果的这番演讲中，我所看到的，不只是一个作家对另一
个作家的礼赞，而是一个作家对另一个作家创作成就的畏惧。一
个真正的内行知道他面对的是个什么样的伟人，毫无疑问，雨果
明白在自己的这个时代，最好的作家不是欧仁·苏，不是大仲
马，不是乔治·桑，甚至也不是他雨果。他们一群人加起来，甚
至都没办法与伟大的巴尔扎克相比，老天爷终究是公平的，尽管
在生前，巴尔扎克取得的荣誉，无法与他们中间任何一个作家的

火爆时期相比，但是历史将证明，十九世纪的法国，真正能够执牛耳的还是巴尔扎克。十九世纪的文学是人类历史的高峰，巴尔扎克属于那种站在金字塔尖上的人物。

记得最初读到雨果的《巴尔扎克之死》的时候，感受深刻的是雨果"手执柩衣的一根银色流苏"，走在灵柩的右边，大仲马走在另一边。这是具有历史意义的镜头，可惜除了文字，我们今天只能借助想象力去丰富这个场面。《在巴尔扎克墓前的讲话》和《巴尔扎克之死》是一个人在同一时期写的两篇不同质的文章，前一篇着眼于伟大的巴尔扎克的未来，后一篇却只是把目光落到了死者的生前，落到巴尔扎克临死的那一刹那。当然，我更喜欢这后一篇，因为在短短的篇幅里，雨果用他有力的文字，刻画了死神如何降临，在阴森恐怖的气氛中，我们仿佛听到了黑暗里死神悄悄来临的脚步声，处于弥留之际的巴尔扎克喘着粗气，是那种"很响的不祥的嘶哑喘气声"，手上全是汗，雨果挤压它的时候已全然没有反应。一个伟大的生命就要结束了，好像只是到了这一刻，悲哀的读者才突然意识到巴尔扎克原来也是一个有着肉身的普通人，他曾经是那样强大，可再强大的人也毕竟不是死神的对手。

《巴尔扎克之死》是一篇黑色的速写，是一篇带着复杂感情写下的文章，欲言又止的字里行间，流露出了巨大的疑问。和《在巴尔扎克墓前的讲话》不同，雨果这一次并没有一个劲地说好话，知道仅仅说好话并不足以表示尊重。虽然是纪念性质的文章，他甚至不无讽刺地说了巴尔扎克几句。雨果提到了他们此前不久曾经有过的一次谈话。在谈话中，巴尔扎克责备了雨果，说他不应该轻易放弃那个仅次于法国国王头衔的法国贵族院议员头衔。这时候的巴尔扎克已经病入膏肓，但是仍然满怀希望，相信自己能够复原，仍然像年轻人一样向往着那些俗世的荣耀和光辉。在雨果眼里，巴尔扎克对荣誉竟然会是那么在乎，以至于都显得有些俗气。很显然，这两个人是相互羡慕，雨果羡慕他写了那么多优秀的作品，羡慕他已建立了一个属于自己的文学帝国，因为这时候的雨果虽然大名鼎鼎，可是除了《巴黎圣母院》，其他重要作品都还没有写出来。而巴尔扎克恰好相反，在著作方面似乎已经不缺什么了，羡慕的只是雨果那样的成功，他妒忌雨果的名誉和地位，妒忌雨果所获得的一切。人们总是羡慕和妒忌自己所缺乏的东西，即使是伟人也不能免俗。

在雨果的笔底下，临终前的巴尔扎克毫无光彩照人之处。我不认为雨果是在借这篇文章挖苦巴尔扎克，虽然在两位作家之中，我更喜欢巴尔扎克，可是如果我是雨果，也会毫不犹豫地留下这些文字。真实的摹写永远是有力的。雨果描写了刚刚富裕起来的巴尔扎克，描写了他如何在人生的最后关头，还在念念不忘地卖弄自己刚布置好的"富丽堂皇"的豪宅，坚持要让雨果参观他的藏画。你无法想象巴尔扎克有时候也会那么孩子气，会那么庸俗，比自己小说里的那些人物还要可笑。你无法相信一个伟大的人物，竟然也会有如此渺小和不堪的一面。垂危前的巴尔扎克只是一个典型的暴发户，既可笑同样也是可悲的，他的致富并不是因为自己的小说创作，而是靠了那个乌克兰富孀德·韩斯迦夫人。伟大的巴尔扎克成了一个吃软饭的男人，对于一个伟大的小说家来说，没有什么现实状况比这更让人尴尬。巴尔扎克和这个富有的寡妇结了婚，他苦苦追求的爱情，终于有了一个很不错的结局，然而，伴随着幸福同时到达的却是他的"行将就木"。

巴尔扎克似乎天生就不配享受俗世里的幸福。我更愿意相信他是一个为了写作理想活着的人，只有在写作的时候才谈得上伟大。仿佛一个被罚流放的苦刑犯人，他的苦刑就是没完没了地写作，一旦苦刑结束，生命的意义也就到了尽头。和畅销书作家欧仁·苏相比，和大仲马相比，同样用小说挣钱，巴尔扎克一直是个穷光蛋。注定只能是债务缠身，看别人发财，看别人轰动，他写了那么多的字数，那么多本书，却远不如别人的一本书更有名利。肯定已经有人注意到债务和一个伟大作家的对应关系。通常我们都相信，硬写是写不好的，可是事实的真相却毫不含糊地告诉读者，世界上很多伟大作品都是硬写出来的。除了巴尔扎克为还债赶稿子，还有伟大的陀思妥耶夫斯基也是这么做的。

巴尔扎克一生都生活在债务的阴影下，面对期票的追逼和高利贷的盘剥，无论精神上，还是实际生活中，他都是个穷得只能给喜儿买根红头绳的杨白劳。显然预约的东西太多，奢望太高，他永远是过高估计了自己的偿还能力，以至于一本新书忙完了，甚至连抵债都不够。破产，拍卖，倒闭，躲债，这些字眼像恶狗一样追随着巴尔扎克。他一生都在做着发财美梦，像一根胡萝卜在前面诱惑一头拉磨的驴子那样，这种梦想成了写作的动力，如果巴尔扎克吃到了那根胡萝卜，如果真的发了财，恐怕也就没有《人间喜剧》。梅花香自苦寒来，我宁愿相信巴尔扎克在物质世界遭遇的种种惨败，都是老天爷为了成全他故意安排的。一切都是天意，一切已经命中注定，在写作上他是个无与伦比的天才，可是只要与钱沾上关系，与名誉和地位搭界，巴尔扎克就会立刻变得可笑起来。在小说的世界里，他对人性弱点分析得那么透彻，对经济研究那么精通，可是在现实生活中，在对物质世界的追逐中，只能不断地留下笑柄。

三

巴尔扎克在小说世界中创造的奇迹，后人大约永远也超越不了。他是文学界的成吉思汗，指挥着他的蒙古大军，在小说领域所向披靡。巴尔扎克的文学野心无人能够阻挡，而让人最羡慕的也正是他的这种狂妄野心，正是这种野心，激发了无穷无尽的创造力。没有文学野心的人没必要当作家，然而野心是一回事，实际可能又是另外一回事。作家永远会过高地估计自己，马尔克斯在写《霍乱时期的爱情》时曾向世人宣布，他要用古典爱情小说中的所有技巧，来塑造一本全新的爱情小说。这是一个适合媒体报道的话题，在一本新书尚未问世之前，先透露作者的写作野心，让喜欢他的读者迫不及待。事实上，什么才是古典爱情小说的所有技巧，这是个纠缠不清的话题，读者显然没必要把这种事太当真。

为了更好地读懂一本小说，了解作者的真实处境是必要的。文学史上给了巴尔扎克极高的评价，我总觉得这种高度赞美，和作者本人的自吹自擂多少有些关系。对于大多数读者来说，真正阅读完巴尔扎克的小说几乎是不可能的，我常常扪心自问，提醒自己不要跟着舆论瞎跑。小说就是小说，千万不要太当回事。巴尔扎克是个造假高手，是个说大话的天才，后人对他许多带有模式的定评，实际上都是他自己最先放风放出来的。最经典的例子，就是巴尔扎克借着评价司各特，为自己的文学大厦大做广告。在《人间喜剧》前言中，巴尔扎克欲擒故纵，先把司各特抬到一个惊人的高度，说"他将小说提高到了历史哲学的水平"，然后笔锋一转，指责他"没有构想出一套体系"。换句话说，司各特尽管伟大得让人五体投地，但是，因为"没有想到将他的全部作品联系起来，构成一部包罗万象的历史"，因此就不能做到"其中每一章都是一篇小说，每篇小说都标志着一个时代"。巴尔扎克想告诉我们，正是这种衔接不紧的缺陷让他豁然开朗，突然发现了"有助于编撰我的作品的体系，以及实施这套作品的可能性"。

《人间喜剧》的体系实在是太庞大，读者所能熟悉的，大约只能是"风俗研究"这一个部门。我至今也闹不明白巴尔扎克在"哲学研究"和"历史研究"的这两大部门里说了些什么。毫无疑问，他的重要作品已都收在"风俗研究"里，我们感兴趣的也就是他的那些风俗研究。这就好像进入展览馆，我们实际上总是停留在一个展厅里，对另外两个展厅视而不见，甚至可以忽略不计。事实也是这样，大家喋喋不休，谈起巴尔扎克小说中的"哲学"和"历史"，通常提到的也都是"风俗研究"里的一系列作品，譬如大家经常要说的《欧也妮·葛朗台》《高老头》《夏倍上校》《家族复仇》《搅水女人》《于絮尔·弥罗埃》《贝姨》《邦斯舅舅》《幻灭》《农民》等。《人间喜剧》的构想大得有些离谱，巴尔扎克每天工作十几小时，也只完成五分之三，而没有完成的那些内容，可能都属于"哲学研究"和"历史研究"这两大部门。一八三四年，巴尔扎克三十五岁，正是写作的最好年头，他授意年仅二十七岁的达文为自己刚完成一半的《十九世纪风俗研究》写序。据说巴尔扎克亲自对这篇序言做了许多补充和修改，因此研究者认为这篇著名的序言，差不多就是巴尔扎克本人撰写的。在这篇文章中，达文引用了一段巴尔扎克平时常唠叨的话，对司各特的批评更加直截了当：

> 这个伟大的苏格兰人，尽管他伟大，但他只不过陈列了许多精心雕刻的石头，在这些石头上我们看到可惊叹的形象，我们再一次瞻仰了每个时代的天才；差不多所有这些都是崇高的；但是，建筑物在哪里？在瓦尔特·司各特的作品中，我们看到了一种惊人的分析的吸引人的效果，但是缺少综合。他的作品与小奥古斯丁街的展览馆很相像，在那里，每件物品本身都是华美的，但不与任何东西相关，不服从任何整体，一位天才的创

作的才能若不与能调整他的创作的能力相结合，就不是
完全的。只有观察和描绘是不够的，一个作家在描绘和
观察时必须有一个目的。

作家的野心是想通过自己的作品，在文学史上获得一席之
地。要让作品在流沙上像一棵树那样耸立，按照巴尔扎克的观
点，你必须既是"司各特并身兼建筑师"。很长时间里，我对巴
尔扎克的话坚信不疑，而且相信，一个人想成为作家，最好的典
范便是像巴尔扎克一样辛勤劳作，扎扎实实地去建筑属于自己的
文学大厦，而不应该小心翼翼地装潢每一个房间。如果说我今天
仍然像过去一样坚信不疑，仍然像过去那样毫无保留地崇拜巴尔
扎克，显然是没有说老实话。无论是我的阅读经验，还是写作经
验，都让自己的文学观点有了一些多多少少的变化。司各特先生
向读者陈列了许多精心雕刻的石头，批评他的巴尔扎克也没有能
够避免重蹈覆辙。说句不客气的话，文学大约也就只能如此了。
事实上，真正的读者在阅读的时候，对文学大厦本身并没有太大
的兴趣，有兴趣的只是那些想借助巴尔扎克说事的哲学家、政治
家和经济学家，当然还有某些吃文学评论饭的评论家。多年以
来，巴尔扎克一直被文学以外的颂扬声所包围，对于普通读者来

说，有没有文学大厦这个空架子并不重要，人们走进展览馆，目的还是为了要看到那些精美的物品，享受这些精美物品才是人们来到展览馆的真实目的。

见大不见小，不一定完全错，至少有些片面。正是从巴尔扎克开始，对作家的要求突然提高了，作家头衔一下子变得神圣起来，头上顿时就有了光环。巴尔扎克提高了文学的品位，但是也带来了一系列严重后果。大家都用评价巴尔扎克作品的方式评价文学作品，于是阅读成了一种经验，成了一门学术，成了验证能否直接接受教育的标准，成了寻找自己适用资料的搜索。阅读本身已经不太重要了，重要的只是评价，重要的只是排名，重要的只是是否获得答案。读者成了街头评头论足的老大妈，人人都是能说会道的评论家。读者不用再走进展览馆，只要远远地站在外面看个大概就行了，大家不去欣赏展览馆里那些精美的物品，而是一本正经地站在大街上评价建筑物，比较谁的房子高，谁的房子大。我们总是很容易被一些似是而非的观点所左右。一些名声远扬的高大建筑物，有时候是一些皇帝的新衣，很可能根本就不存在。我想巴尔扎克的高明之处，也许就在于用自己的野心勃勃，先把我们彻底地搞糊涂。他大约知道阅读既是一件有趣的活儿，同时又是一件辛苦的差事，我们不可能把他的王国游览完，因此索性放开胆子来吹牛。很显然，巴尔扎克比任何人都清楚，他的大厦永远也不会真正地完工。他向读者许诺着自己的大厦如何富丽堂皇，然而我们见到更多的只是一些蓝图，只是一些房子的轮廓。巴尔扎克知道，有时候有些蓝图和轮廓就已经足够了。

不管怎么说，我们都要感谢作者的狂妄野心。正是这种不切实际的野心，激发了无穷无尽的创造力，是野心让巴尔扎克像着魔一样地写个不停。按照我的想法，巴尔扎克更像堂吉诃德骑士，他的那些匠心独具的写作理论也像。后来的人给了巴尔扎克太多的评价，他获得的荣誉无人可比，但是，我并不觉得他只是为了获得这些荣誉才写作。一个人可能为写作而着魔，也可能为荣誉而着魔，这两者之间是有着本质的区别。有时候，两者看上去差不多，却绝对不是一回事。我更愿意相信是写作本身的魔力吸引住了巴尔扎克，事实上，一个人真正投身于写作的时候，荣誉已经变得不重要。

伟大的巴尔扎克的幸运在于，他生前并没有被荣誉所伤害，不是不愿意，是因为没有这样的机会。对于巴尔扎克来说，荣誉更多的是可望而不可即，野心始终只是野心而已。在荣誉的辉煌面前，他更像是个被打入冷宫的怨妇。巴尔扎克总是不能被人真正理解，虽然死后的声誉与日俱增，但是在生前，他也就是个能写和会说大话的家伙。他的不温不火的知名度，恰好可以让他源源不断地工作下去。为了生存，为了还债，为了追求心爱的女人，为了证明自己，他都必须得写。巴尔扎克永远处于不得不写的状态之中，一根胡萝卜总是在鼻子前面晃悠，这就是他必须面对和应该获得的现实。

四

对于我来说，巴尔扎克的意义，不仅在于创造了丰富的文学世界，还在于他作为一个作家的工作方式。这种工作方式用戈蒂耶的话来说，就是绞尽脑汁，凭借超人的意志，"加上勇士的气魄和教士一般深居简出的生活"。在巴尔扎克的野心勃勃后面，我所感受到的是一种深深的沮丧，换句话说，与其说是野心在鼓舞，还不如说是沮丧在激励，正是这种失意的沮丧让他喋喋不休，没完没了地为自己的作品做出解释。巴尔扎克在小说的序言中，一次次从后台直接窜到前台，明白无误地表达着自己的创作思想，在小说中也一再借助人物的对话，直截了当地表明他的文学观点。被读者理解从来就不是一件容易的事情，巴尔扎克所做的努力，颇有些"我拿青春赌明天"，这句流行歌词很好地体现了他的创作心态。处于沮丧中的巴尔扎克把自己交给了未来，在和达文的谈话中，他信心十足地说：

> 但是，要记得，在今日要活在文学里，不是天才的问题，而是时间的问题。在你能与读者中持有健全的见解而善于判断你的大胆的事业的人成为知音之前，你必须久饮痛苦之杯；你必须容忍别人的嘲笑，忍受不公正；因为有见识的人的无记名投票（通过这种投票你的名声才能受到推崇）是一张张地投来的。

信心是一回事，实际情况又是另一回事。指望无记名投票并不是一件靠得住的事情，在巴尔扎克时代，达文为他受到的不公待遇大声疾呼，在达文眼里，巴尔扎克作为最优秀的作家，却没有享受应该得到的最优秀待遇。持有健全见解的读者都不知跑哪去了，这个时代竟然变得如此急功近利，根本就不允许作家有巴尔扎克那样远大的追求。大家的眼睛都虎视眈眈地瞪在巴尔扎克作品的瑕疵上面，这样做的结果注定了巴尔扎克只能默默无闻地工作，像头畜生一样，"既无奖励亦无报酬"，悄悄地攀登奥林匹克的顶峰。幸运的作家写一本书火爆一本书，写一本书快活一辈子，巴尔扎克写一本书刚够抵债，因此他不得不寄希望在未来的一天，自己能一下子"收获二十年被忽略的劳动的奖赏"。

"久饮痛苦之杯"，最后修得正果，这并不是巴尔扎克故事中最精彩的乐章。他的伟大意义在于认准了一个目标，一条道走到黑，不管是否能够实现都没有放弃，是野心也罢，是信心也罢，反正他没有被沮丧击败，没有被社会的流言打倒。巴尔扎克的故事给人的启发恰巧就是，前途是光明的，道路是黑暗的。但是，即使前途是黑暗的，也没有什么大不了。最后是否成功并不重要，我更愿意相信"活在今日的文学里"是个"时间问题"，不过是一种自我安慰，因为并不是所有在黑暗中摸索的写作者，都有巴尔扎克那样的幸运，并不是什么人都能攀登到文学的顶峰上去。不以成败论英雄，一个人生前不能得到的东西，身后显然也就不重要了。现实世界里，并不是什么人都能收获到自己被忽略的劳动的奖赏。今天的时代远比巴尔扎克时代更急功近利，我们从事文学事业，很可能只是"久饮痛苦之杯"，根本没有好的果实在前面等待去收获，然而这并不足以证明我们应该就此放弃。

二○○三年五月十三日　河西

永远的阿赫玛托娃

最初听到阿赫玛托娃这几个字，是一九七四年。经过八年轰轰烈烈的"文化大革命"，年轻人对知识的沙漠化忍无可忍。一个写诗的小伙子，十分动情地说他要娶阿赫玛托娃为妻，在当时是一种极度夸张的示爱方式。我那年才十七岁，不知道阿赫玛托娃是谁，因为喜欢这个小伙子的诗歌，也附会风雅迷上了她。其实阿赫玛托娃不过是小圈子中流行的象征符号，和这些符号连在一起的，还有巴尔蒙特、勃留索夫、洛尔迦，能见到的诗句差不多全是只言片语，大都在批判的文章中发现。我并不知道阿赫玛托娃已在一九六六年春天的寂寞中悄然离去，她的年纪是那样苍老，足以做我们的祖母或曾祖母。

多少年来，我一直在想这个奇怪的问题。究竟是什么魔力让我对阿赫玛托娃念念不忘，以至于每次提到她的名字，就仿佛又一次回到了躁动不安的文学青春期。我能够成为一个作家，从某种意义上来说，与阿赫玛托娃分不开，然而很显然，我并不是真的被她的诗歌所打动，不仅是我，敢说有一批她的狂热崇拜者，都和我一样沉浸在想象的虚幻中。这些年来，我一直注视着与阿赫玛托娃有关的文字，一次又一次努力地试图走近她的诗歌。知道的越来越多，阿赫玛托娃就越来越陌生。比较她诗歌的不同版本，同一首诗的不同翻译，我越来越困惑，也越来越相信诗歌真的不可翻译。我们永远无法借助别人的中文真正走近阿赫玛托娃。

记忆往往靠不住，契诃夫死了没几年，大家就为他眼睛的颜色争论不休，有人说蓝，有人说棕，有人说灰。就像阿赫玛托娃不喜欢契诃夫一样，人们有时候只对喋喋不休的话题感兴趣，我们关注的是契诃夫眼睛的颜色，是女诗人是否喜欢他的那些议论。在话题中，契诃夫的作品已经不重要。我想，在一九七四年，中国会有一批年轻人迷恋阿赫玛托娃，她会成为一个小圈子里的重要话题，最直接的原因，还是因为文化的沙漠化，在那样的背景下，任何一片小小的树荫，都可能成为年轻人精神上的绿洲。在悄悄谈论阿赫玛托娃的年代里，一个叫郭路生的年轻人的诗歌也在广为流传。那首著名的《这是四点零八分的北京》并不是只打动了知青，事实上，知青的弟弟妹妹们也一样为诗中的句子感到狂热。

> 我的心骤然一阵疼痛，一定是
> 妈妈缀扣子的针线穿透了心胸
> 这时，我的心变成了一只风筝
> 风筝的线绳就在妈妈的手中

那时候大家都相信，这个后来以"食指"闻名的诗人，在车站与亲友挥手告别，面对着熙熙攘攘的人群，在火车汽笛的鸣叫声中，脱口而出这首让众人热泪盈眶的诗。如果当时有人指出这诗与孟郊《游子吟》有继承关系，一定会成为愚蠢的笑柄，这就好比行走在大沙漠里，面对干渴不是拼命喝水，而是像书呆子一样跳出来慢腾腾先对大家解析水的分子结构。那是一个饥不择食的时代，人们迫切地需要被一些东西打动，《这是四点零八分的北京》成了一把钥匙，轻易地打开了郁结在人们心头上的那把锁。

与阿赫玛托娃一样，诗人食指同样也具有更多话题的意义。

车站吟别更像电影上的一幕，显然它与真实有很大的出入。车站朗诵只是艺术化处理，因果关系已经被颠倒了，真实情景是经历了车站上离别的乱哄哄，诗人才在远去的火车上写成广为流传的诗。我一直觉得这首诗的幸运在于，首先，为诗人提供了一个机会，有感而发固然重要，更重要的是有感能发。正是因为可以写诗的这种能力，诗人的个人痛苦得以宣泄和升华。其次，才是诗人用自己的嗓子喊出大家的声音。个人和集体的需要结合在了一起，诗一旦诞生，便会在不同的地方被人传诵。换句话说，这实在是一个真正需要诗的时代，诗人生在这个时代才是幸运的。

阿赫玛托娃对于年轻人的魅力也在于此。我们更多地诉说着她的不幸，她的传奇。我们喋喋不休叽里呱啦，不是因为知道的多，是因为知道的不多。一个人被打动，根本不用知道太多。我们喜欢诗人食指，是因为他在当时发出了与众不同的声音，是因为一个典型的叛逆者形象，是他受到的不公正待遇，是他居住的精神病医院，但如果我们知道，郭路生其实一直想成为被主流认可的诗人，他努力着，曾经花很多时间体验生活，就为了写一部讴歌红旗渠的长诗，我们的观点也许会因此发生重大改变。同样的道理，阿赫玛托娃也没想过要当主流之外的诗人，文坛对作家的诱惑无时不在，没有一个诗人不想被认可。真实的情况只是，文坛无情地摒弃了他们。并不是他们硬要拒绝，而是所谓主流中没有他们的位置，拒绝是一种迫不得已。

阿赫玛娃托在"文化大革命"前夕，像出土文物一样重新复活。这时候，她已经是一个七十多岁的老太太。这时候，斯大林已经死了十年。阿赫玛托娃连续获得了两项来自西方的荣誉，获得了意大利文学奖，获得了牛津大学授予的文学名誉博士学位，同时，她可能会获得诺贝尔奖的传闻也不翼而飞。虽然差不多又过了十年，阿赫玛托娃的名字才在中国部分年轻人中间流行，但是想一想此时正值中国的"文化大革命"，这种姗姗来迟的文学反应就不奇怪。与帕斯捷尔纳克的结局一样，阿赫玛托娃也是在获得声誉之后的不久离开人世，荣誉不是以喜剧收场，而是以催人泪下的悲剧结尾。很显然，年轻人喜欢阿赫玛托娃，更多的是对当时的铁幕统治不满，是对枷锁的强烈抗议，换句话说，感动我们的，首先是诗人的不幸身世，是他们的遭遇，其次才是诗本身，其次才是诗人获得的荣誉。

文章憎命达，诗穷而后工。虽然诗人常被看作历史的宠儿，动不动被加以桂冠，而且天生感觉良好，真实的境遇却恰恰相反。爱伦堡回忆巴尔蒙特，说有一次挤电车，因为人多，他竟然扯着嗓子叫开了："下流坏，闪开，太阳之子驾到！"自然没有人会理睬他，巴尔蒙特的幸运只是没有因此挨揍，最后不得不步行回家。同样的故事也发生在中国诗人身上，朱自清的日记中就记载着这么一段轶事，他与一位诗人在法国挤公共汽车，这位诗人要和别人论理，结果被身高力大的洋人像抓贼似的扔到了车下。诗人精神上的强大，与现实生活中的孱弱正好形成对比。普希金被誉为俄罗斯诗歌的太阳，月亮就是阿赫玛托娃，但是形容这位月亮，诺贝尔奖得主布罗茨基称她为"哀泣的缪斯"更确切。

阿赫玛托娃生前最喜欢庆祝的节日，是斯大林的忌日，她自己升入天堂的日子正好也是这一天。巧合可以作为话题供后人无数次咀嚼，对于喜欢阿赫玛托娃的人来说，说到这一点不得不深深感叹。在整个白银时代的诗人中，阿赫玛托娃不是最不幸的，然而却是一位活得最久的历史见证人。她是这个时代的象征，是一种精神力量的代表，在一九七四年，喜欢阿赫玛托娃，意味着同时也在向那些杰出的诗人致敬，他们是在法国潦倒而死的巴尔蒙特，被枪毙的古米廖夫，死于集中营的曼德尔施塔姆，流浪在外无家可归的茨维塔耶娃，以及自杀的马雅可夫斯基和叶赛宁。喜欢阿赫玛托娃，意味着我们向往那个闪烁金属光芒的诗歌岁月，意味着对反叛和决裂的认同，意味着为了艺术，应该选择苦难，选择窘境，甚至选择绝望。

一九八九年，联合国教科文组织将本年度命名为"国际阿赫玛托娃年"，纪念这位伟大诗人的百年诞辰。在记忆中，这并不是一件大不了的事情，几乎没有给我留下任何印象。那个时候的阿赫玛托娃真的老了，老态龙钟，满脸皱纹，超级大国的苏联解体在即，她的诗歌变得不重要，变得可有可无。阿赫玛托娃是禁锢年代的产物，坚冰一旦打破，解冻成为事实，她也就真正地从前台退到了幕后。十年以后，《阿赫玛托娃传》出版时，只印了一千本，后来又出版了一本《哀泣的缪斯》，印数同样很少。

阿赫玛托娃在中国的崇拜者，集中在"文化大革命"后期。人数不一定很多，但是质量很高，特别痴情，特别疯狂。人们在批判的文字中，寻找着有关她的语言碎片，不多的几首译诗被到处传抄。阿赫玛托娃成了真正的传奇人物，在那个年代里，只要是说说她的故事，就足以激动人心。对于阿赫玛托娃的崇拜者来说，任何一句亵渎的话都是绝对不能容忍的。阿赫玛托娃代表着一种诗歌精神，代表着一种艺术追求的终极目标。这些狂热的崇拜者中，有个别人后来成了轰动一时的朦胧诗主将，成了中国诗歌界的佼佼者，然而大多数人都沉寂了，与诗歌挥手作别，与阿赫玛托娃再也没有任何恩怨。毕竟那个时代结束了，那片孕育诗歌的土壤已不复存在。

二〇〇二年十二月四日　河西

横看成岭侧成峰

小时候看外国小说，都是混杂在一起的。外国小说是一个整体，是一大排书，没什么这国家那国家的区别。我们家的书特别多，有好几个大书橱，从识字开始，我就习惯去琢磨那些外国的人名书名。中国人形容黑暗有句俗话，叫"伸手不见五指"，我觉得这比喻描述自己的外国小说知识正好合适。

我一直在想，为什么中国最有想象力的一部小说是《西游记》。为什么只有在向往西方的时候，我们的想象力才会如此丰富，如此心潮澎湃。"东临碣石有遗篇"，按说面对大海，面对浩瀚的太平洋，我们的思维可以更活跃，更肆无忌惮，然而广阔的东方究竟给我们提供了一些什么样的思路，除了蓬莱仙阁，除了海市蜃楼，我们的想象能力突然变得如此贫瘠，以至于仿造品

《东游记》差不多也成了一部不堪入目的作品。

与西方交流始终是中国文化面临的大问题。即使一个不熟悉中国历史的人，也会很轻易明白，我们生活中的一切，都与西方分不开。我们烧香拜佛，我们吃西红柿，吃西瓜，吃西洋参，我们听胡琴，听琵琶，听羌笛，我们看电影，看电视，习惯了，也就顺理成章地变为自然。好多年前，我第一次读到奈保尔的《米格尔大街》，当时并没有想到这个人会得诺贝尔奖，我甚至都没有过分在意作者的国籍。对于我来说，奈保尔就是一个外国小说家，不是英国，也不是西方，而是来自一个叫特立尼达和多巴哥的地方，我的地理知识甚至弄不清楚它究竟在哪个位置。这不由得让我想起童年时对外国文学的态度，只要明白它不是中国的就行了，它来自一个和我们完全不一样的"外国"。

读者对外国小说有一种自然而然的宽容，我们可以用一种与己无关的心情把玩。事不关己，高高挂起，《米格尔大街》并没有给我带来什么意想不到的惊喜，也许是有足够的阅读经验，我首先感到的并不是它的独创，恰恰相反，我感到的是它的熟悉，虽然是本新书，感觉却好像是旧的。文学艺术不只是喜欢新鲜的陌生，有时候也愿意遇到一些熟悉亲切的老面孔。换句话说，让我感到最满意的，它是一本很不错的外国小说。对一个读者来说，外国小说有好有坏，《米格尔大街》恰好属于好的那一类。

《米格尔大街》很容易让我想起一连串的美国小说，譬如安德森的《俄亥俄·保士温》，很抱歉不知道流行译本应该怎么翻译，因为我手头只有这本由吴岩翻译、晨光出版公司一九四九年出版的老书，已经被老鼠咬得伤痕累累。我还想起了海明威的《在我们的时代里》，同样是晨光出版公司的书，它的译者是马彦祥。当然不会漏掉吕叔湘先生翻译的《我叫阿拉木》，作者是美国的亚美尼亚移民，最初的译名是索洛延，后来变成了流行的萨洛扬，比较完全的一个译本是湖南人民出版社的《人间喜剧》。我并不想考证它们之间的关系，很可能一点关系都没有，我只想强调它们给我带来的相似联想。

《米格尔大街》与上述小说的近似点在于，都是用差不多的角度来观察自己熟悉的生活场景。这就好比用差不多外形的玻璃瓶装酒，用不同的建筑材料盖风格相似的房子，在具体的操作上，有着明显雷同。这么说并不是恶作剧地揭秘，而是随手翻开作者的底牌。简单的事实只是，世界上很多优秀作家都是这么做的，好作家坏作家的区别，有时候仅仅在于做得好不好。鲁迅谈到外国小说对他的影响，曾说过他每篇小说差不多都有母本。这种惊人的坦白，说明了第三世界小说家的真相，在如何观察和表现熟悉的生活场景方面，我们都有意无意地借助了已成功的外国小说经验。不是我们不想独创，实在是太阳底下已没什么新玩意。以西方的文学观点看待文学，这话听上去怪怪的，而且有丧自尊，其实当代小说就是这么回事。我们的小说概念，差不多都是西方给的，连鲁迅他老人家也虚心地承认了，我们当小辈的就没必要再盲目自大。很显然，现代中国小说离开了外国小说，根本没办法深谈，这就仿佛在佛教影响下，我们一本正经谈禅，谈出世，因为习惯，自以为这就是纯粹的东方情调，是纯粹的本土文化，其实说穿了，都是西化的结果，只不过这次来自西方的影响更早一些而已。

从《米格尔大街》到《毕司沃斯先生的房子》，我感到最大的惊奇，不是奈保尔已获得诺贝尔文学奖，而是他的国籍，已悄悄地从特立尼达和多巴哥，改成了大英帝国。无论是翻译者，还是出版社，在写作者的身份认定上，遭到前所未有的尴尬。这个尴尬同样也非常客观地放在全世界的读者面前，奈保尔究竟应该算作是印度人，还是特立尼达和多巴哥人，或者说是英国人。既是，又都不是，我们中国人可以说这根本不重要，反正他是一个洋人，用一个含混不清的"外国"，就可以轻易地将奈保尔打发了。对于我们来说，这或许只是一个困扰外国人的问题，中国人何苦再去操心。

毫无疑问，奈保尔已经成了英语文学传统的一部分。与艾略特加入英国国籍一样，奈保尔成为英国公民，这是一种文化上的归宗。在展开"归宗"这两个字之前，我想先谈谈奈保尔说话的态度。不同的态度将会产生不同的语调，在《米格尔大街》中，奈保尔显然找到了一种属于他的叙述语调。用一个不恰当的比喻就是，童年的声音加上了中年人的目光，或者说童年的视角糅合着中年的观点。虽然奈保尔写《米格尔大街》的时候，刚刚二十二岁，但是因为有良好的文学熏陶，他的语调中已洋溢着一种饱受教育的超然。这是一个有文化的人在诉说着没文化的事情，目光冷静，清醒，无奈，因为有洞察力而一针见血，作者投身于小说之中，又忘形于小说之外。平心而论，这种写作语调本来就是天下作家的公器，只不过奈保尔利用得更好。奈保尔正是借助这部作品，找到了通往艺术迷宫的钥匙。

《米格尔大街》注定应该引人注目，不过他更重要的作品，显然是《毕司沃斯先生的房子》。这无疑才是奈保尔最重要的作品，说它重要，当然不仅是因为它曾选入上世纪一百部最佳英文小说。《毕司沃斯先生的房子》在西方更容易成为话题，对于一部重要的作品来说，话题是不可或缺的。和很多虚构作品喜欢打自传招牌一样，媒体对《毕司沃斯先生的房子》的评价，西方或是中国大陆，都着眼于它的纪实。我们被告知，这本书是以作者父亲为模特，反映了作者熟悉的殖民地生活。我不太清楚奈保尔本人如何表态，书一旦出版，他的解释就不重要。媒体需要话题，媒体不在乎作者怎么想。作为小说家同行，我更在乎奈保尔的叙述方式，更在乎他的态度和语调。对于我来说，小说就是小说，说到底还是一个怎么写的问题，曹雪芹是不是贾宝玉改变不了《红楼梦》。毕司沃斯是不是奈保尔的父亲根本不重要，重要的也许只是在"毕司沃斯"这四个字后面加上了先生，我特地查阅原书名，发现"先生"两个字原来就有。读者在阅读时可能会忽视这两个字的存在，更多的是把这看成英语文学中的一个传统习惯，譬如菲尔丁《大伟人江奈生·魏尔德传》书名的原文中就有"先生"，只不过萧乾先生在翻译时省略了。

"先生"两个字可以产生距离，不同的"先生"将产生不同的间离效果，现代小说中，距离产生的审美效果非同寻常。我想强调的一点，在毕司沃斯后面加上"先生"绝不是可有可无，它的意义是找到了一个合适的叙述角度，这仿佛莫言小说《红高粱》中"我爷爷我奶奶"，是为一种叙述语气定调。有了基本音调，宏大的叙事才可能产生，才可能滔滔不绝。从《大伟人江奈生·魏尔德传》到《毕司沃斯先生的房子》，作为"先生"的这种称呼已有了一种质变的飞跃。通过这种飞跃，可以清晰地看到古典和现代之间的差异，看到小说发展的一种轨迹。虽然从外貌上看，有惊人的近似之处，可是奈保尔与菲尔丁显然是运用了不同的语调，出发点不一样，到达的目的地也不同。大伟人江奈生·魏尔德先生更像鲁迅小说中的阿Q，或许问题不在以什么人为模特儿，而在于如何处理作者与这些模特儿之间的关系。是谁并不重要，重要的只是我们采取什么样的态度。鲁迅与我们的态度是不一样的，在传统的小说中，我们看到的是"哀其不幸，怒其不争"，我们关怀的是别人，这是传统小说中的精华，是古典的人文精神，但是在现代小说中，"不幸"和"不争"已经由别人变成了我们自己。我们不再高高在上，我们已没有任何做人的优势可言。现代写作情不自禁地把放大镜对准了自己，对准了自己亲爱的父亲，但是，正如所有的小说都可能是作者自传一样，所有的自传也免不了作伪。奈保尔的小说魅力恰恰在于有效地利用了这种距离，远了不行，太近也不行，如果毕司沃斯不是奈保尔的父亲，不仅失去了话题，失去了看点，更糟糕的是还会失去亲和力。无论对于作者还是读者，离开了这种亲和力，小说都会失败。从这个意义上来说，古典小说都是客观的，现代小说都是主观的。

小说中的真伪是个无须讨论的话题，要讨论的是作者如何驾驭真和伪。文学艺术总是力图把真实的那一面展现在世界面前，假作真时真亦假，小说中的假往往是体现艺术之真的最有效手段。即使毕司沃斯先生百分之百是奈保尔的父亲，因为在后面加了"先生"两个字，主观和客观之间的比例，已完全发生了变化。对于一个儿子来说，直呼父亲的名字，和在父名后面加上先生，有着明显差别，如果不能仔细体会这种差别，就很难把握作者的苦心孤诣。因此，"先生"两个字绝不是什么可有可无的后缀，更不是随随便便的神来之笔。在父亲的名字后面加上"先生"，事实上就是在父子之间的亲和力加上一层隔膜，这层隔膜起的作用，从某种意义上来说，正如作者描写米格尔大街上的芸芸众生一样，总是隔着一定距离去写。不识庐山真面目，只缘身在此山中，奈保尔并不一定知道中国这句著名的古诗，然而他在写小说的时候，显然明白诗中的哲理。

奈保尔的叙述方式既古典又现代，既符合世界文学的优良传统，又因为自身的努力探索，发展和丰富了世界文学。他的尝试，实际上是所有第三世界作家应该做的事情。当然不是指文化上的简单归宗，而是如何准确和有效地展现我们自己世界的精神面貌。文学说穿就是一种态度，一种准确和有效的表达方式。奈保尔以西方人的眼光来看待自己的生活，换句话说，用西方人的观点说殖民地故事。有意无意之间，他的作品不可避免地反映了落后的一面，暴露了愚昧，暴露了黑暗，揭示了缺少现代教育的真相。奈保尔的艺术实践带来了一个直接后果，这就是西方人看到了奇风异俗，第三世界看到了西方人的歧视目光。奈保尔通过自己的文学作品，让发达世界和不发达国家，通过这种特殊的方式，不同寻常地进行了文化上的交流。

尽管奈保尔接受了典型的英国教育，继承的是狄更斯以来的英国文学传统，作品本身已成为英语优秀文体的一部分，曾多次获得包括毛姆奖、布克奖在内的多种文学奖项，并被英国女王授予"骑士"，但是所有这些，仍然改变不了他的殖民地身份。他的小说与纯粹大英帝国出身的毛姆，与吉卜林，与福斯特，与波兰裔的康拉德，有着明显的渊源和发展，但是他永远也成不了真正意义的西方人。就像我们看奈保尔是外国人一样，纯粹的西方人的观点与我们也一样。奈保尔在文化上无论如何归宗，在今天或未来的文学史中如何有地位，他仍然是一个西方人眼里的外国人。

对奈保尔的接纳或许只是一种权宜之计。权宜之计也可以看作是发达世界的无奈，毕竟世界文学不等同于发达国家的文学。在世界文学的大格局中，西方发达世界的文学水准虽然始终占据着霸主地步，但是文化的称雄，毕竟和经济军事不一样，世界文学永远愿意接纳有创造性的新玩意，没有新玩意的世界文学就没有活路。风水轮流转，奈保尔的幸运，在于他符合世界文学的需要，迎合了潮流，并且顺利地融入主流中间。然而幸运也极可能成为不幸，奈保尔的不幸，是他很可能会受到第三世界的反对，他越成功，反对的声音可能会越大，抗议的浪潮会越高。作为一个印度人后裔，我非常吃惊他竟然敢说这样的话：

> 我不为印度人写作，他们根本不读书。我的作品只能产生在一个文明自由的西方国家，不可能出自尚未开化的社会。

除了佩服奈保尔的坦率，我更佩服他的勇气。对于一个作家来说。坦率和勇气是不可或缺的，我宁愿相信，这更多的还是一种赌气，因为事实上，奈保尔不想为印度人写作，不愿意关注那些尚未开化的社会，不屑为被压迫者说话，结果也仍然是一样。态度有时候可以说明一切，有时候却什么也说明不了。

写作永远只对读书的人才有意义，文化只有在交流时才能产生火花，身为印度人的后裔，奈保尔并没有拉着自己的头发跳到地球外面去的魔法。仁者见仁，智者见智，读者从作品中读到自己想见或不想见的东西，这些并不是作家的过错。阅读是一种探险，是心灵的旅游观光，是发现，从奈保尔的小说中看到第三世界的奇风异俗，看到西方人的歧视目光，只能说明奈保尔小说的丰富内涵。

奇风异俗和歧视目光都不是作者的本意，更不是写作的目的，即使没有奈保尔的小说，它们仍然也会存在。小说揭示的是我们容易忽视的那些东西，因为忽视，所以自欺欺人以为它们不存在。对奈保尔小说中作者态度的玩味，有助于我们思考创作时可能会遇到的一些问题。横看成岭侧成峰，远近高低各不同，要想认识庐山真面目，最好的办法就是像李白那样，早服一粒还丹仙丸，琴心三叠道初成，然后高高地飞起来，从远处往下张望。居高临下，翠影红霞，鸟飞不到，看一座山是这样，看奈保尔的小说是这样，看一个世界也是这样。

二〇〇三年二月三日　河西